이제야 어디에
힘을 빼야 하는지
알았습니다

**사람에 치이고
일에 치이던
마흔의
업어치기 한판**

이제야 어디에
힘을 빼야 하는지
알았습니다

안블루 지음

포레스트북스

몸에도 마음에도
요령이 있었어

나이 마흔 즈음, 우울이 쓰나미처럼 나를 덮쳤다. 삶이 휘청거렸다. 열심히 살면 흔들리지 않을 줄 알았기에, 또 흔들리는 삶을 경계하며 살았기에 흔들림이 낯설고 두려웠다. 누구보다 열심히 살았다고 생각해서일까? 너무나 화가 났다. 화는 나는데 누구한테 화를 내야 할지 몰랐다. 화를 다스리지 못하면 우울이 번진다. 밖으로 터져나가지 못하던 화는 또 커다란 우울의 쓰나미를 만들었다. 이리 휘청 저리 휘청 넘어지지 않으려고 버텼지만 결국 나는 무너졌다. 깊은 우울 속으로 빠졌다.

　우울이 시작되어 삶이 휘청거리기 시작할 때만 해도 크

게 겁이 나지 않았다. 심리상담사인 나는 '내가 내 마음 하나 치료 못 하겠냐'며 할 수 있는 것들을 차근차근 해나갔다. 병원에 가서 약도 먹고, 실력이 좋다는 심리상담 전문가를 찾아가 상담도 받았다. 하지만 증상이 좋아지는 듯하다가 다시 안 좋아지기를 반복할 뿐이었다.

나는 삶의 방향을 잃었다. 무엇을 하며, 누구와 함께, 어떻게 살아야 할지에 대해서 하나도 답을 할 수 없었다. 하지만 무너졌다고 나를 놓아버릴 수도 없었다. 쓰나미에 쓸려가는 나를 손 놓고 볼 수는 없었다. 키워야 하는 두 아이가 있었다. 무엇이라도 해야 했다.

그러던 어느 날 주짓수 체육관이 눈에 띄었다. 골목길 빌딩 3층에 커다랗게 '주짓수'라고 쓰여 있는 간판을 보고 홀린 듯이 걸어 들어갔다. 우연이라고 할 수밖에 없는 그 방문이 우울의 쓰나미에서 나를 건져 올릴 줄은 몰랐다. 우울을 치료할 것이라는 확신이 있어서 선택한 건 아니었다.

지금까지 살아온 삶을 돌이켜봤을 때, 격투기 체육관 입관은 나와는 어울리지 않는 선택이었다. 어려서는 심장병 때문에 운동을 하지 못했고, 자라면서도 건강관리 차원에서 요가나 필라테스를 하는 정도였다. 격투기를 하는 사람들은 나와는 다른 세상에 사는 사람들이라고 여겼다. 힘으로 누군가와 맞서 싸우는 운동을 하는 사람은 철이 없거나, 호전적이거나, 나와는 매우 다른 사람이라고 생각했다.

그런데 체육관에 간 첫날, 이거구나 싶었다. 힘으로 누구와 맞서 싸우기를 한 번도 해본 적이 없었는데, 어쩌면 한 번도 안 해본 것에 길이 있겠다는 생각이 들었다. 결정적으로 또 하나, 체육관에 들어서자마자 힘차게 뛰는 심장을 모른 척할 수 없었다. 머리로 답을 찾으며 살아왔는데, 이번에는 머리가 아니라 마음이 시키는 대로 해봐야겠다 싶었다.

수련은 생각보다 훨씬 더 어려웠다. 주짓수를 시작했을 때가 마흔둘. 격투기를 하기에는 턱없이 부족한 몸 상태였다. 체육관 적응도 어려웠다. 사십대 여자 수련자를 만나기란 가뭄에 난 콩 찾기보다 어려웠다. 운동신경이 둔해 실력은 늘지 않고, 자격지심 때문인지 내가 있을 곳이 아니라는 생각이 떠나질 않았다.

그만둘 이유를 찾으라면 열 가지도 더 찾았겠지만 체육

관을 떠나지 않았다. 여기서 밀리면 더 이상 갈 데가 없을 것 같았다. 주짓수 동작 중에는 등을 바닥에 대고 싸우는 동작이 있다. '가드'라는 것인데, 갈 곳 없이 막판에 몰려 세상과 싸우는 내 처지 같았다. 들짐승들은 천적에게 쫓겨 도망가다 더 이상 갈 곳이 없으면 등을 땅에 대고 상대를 발로 차내면서 싸운다고 한다. 마지막 싸움을 하는 거다. 나는 주짓수를 하면서 마지막 싸움을 하듯 버텼다.

그런데 이 동작이 싸우는 데 효과가 좋다. 작고 약한 사람이라도 크고 강한 상대로부터 자신을 보호할 수 있다. 힘만 키운다고 될 일이 아니었다. 몸을 움직이는 데 요령이 있었다. 마음도 마찬가지다. 마음도 요령껏 잘 움직이는 방법이 있다. 마음을 움직이는 방법은 잘 알고 있었다. 그런데 마음이 너무 상했던 터라 그것만으로는 우울을 극복하는 것이 역부족이었다.

몸과 마음은 연결되어 있어서 마음이 심하게 무너지면 반드시 몸도 돌봐야 한다. 주짓수를 하면서, 마음을 돌보면서 나는 나를 치료했다. 그러자 차츰 삶이 제 방향을 찾았다. 갈 곳을 찾지 못하던 것들이 제자리로 돌아갔다. 이제는 어디로 가야 할지 안다. 삶은 여전히 나에게 어려운

숙제를 던져주지만, 이제는 어디로 가야 하는지 안다.

　우울이 덮쳐와 힘든 이들이 많다. 이것저것 해봐도 효과가 없다고 토로한다. 우울한 사람들은 이럴 때 자기 탓을 한다. '내가 못나서 마음 하나 어쩌지 못하네' 하고 손놓고 있는 경우가 있다. 마음을 치료하는 사람으로서 이런 사람들에게 내 이야기를 나누고 싶었다. 아무리 열심히 잘 살아도 우울은 찾아올 수 있다는 것, 그 우울이 사람을 참으로 힘들게 하고 잘 낫지 않는다는 것. 그리고 제일 중요하게는 깊은 우울을 치료하려면 몸을 움직여야 한다는 것을 말이다.

스파링 3 어떻게 힘을 쓰면 되는지 알았습니다

스파링 4 사람이 아니라 문제와 싸워라

스파링 5 포기가 아니라 선택한 거야

스파링 1 / # 나도 내 마음을 어쩌지 못하는 날이 찾아왔다

마흔,
너무 열심히 살다가 지쳐버림

나는 심리상담사다. 사람들의 마음을 만나는 것이 내 일이다. 덜 자란 마음을 만나면 키워주고, 아픈 마음을 만나면 치료를 한다. 그런데 남의 마음을 다루려면 내 마음 관리도 반드시 필요하다. 아픈 마음은 또 다른 아픈 마음을 다루기가 버겁다. 심리상담사가 되기 위해 수련을 받을 때 귀가 따갑게 듣던 말이 있다.

"자기 마음 관리부터 잘해야 합니다."

기술이 좋고 대단한 경력이 있어도 자기 마음 관리를 하지 못하면 문제가 생긴다. 심리상담사도 사람이니 흔들릴 때가 있겠지만, 회복하기 어려울 정도로 무너져서는 안 된다.

내 나이 마흔쯤 반갑지 않은 일이 찾아왔다. 어느 날부터인가 괜찮던 것들이 괜찮지 않았다. 양미간이 찌푸려지고 가슴이 답답해지는 일이 잦았다. 별것도 아닌 일에 별나게 구는 내가 낯설었다. 마음 관리에 문제가 생긴 것이 분명했다.

세미나 중 질문시간을 독차지하는 눈치 없는 동료, 최신 기종이 나왔으니 핸드폰을 교체하라는 광고 전화, 도로를 막은 채 정차하고 있는 차를 보면 울화가 치밀어 올랐다. 예전 같으면 그러려니 하고 넘어가던 일상들인데.

'눈치 없긴 하지만 저 사람 성격인데 어떡하겠어', '귀찮기는 하지만 열심히 사시는 분이네', '뭔가 급한 일이 있어서 길 한가운데 세우나 보다' 분명히 이렇게 할 수 있는 나였는데 아무것도 아닌 일들에 휘청거렸다. 그럴 때마다 속에서 울컥 치받히는 느낌이 들었다. 큰 소리로 터져 나오는 고함을 애써 누르고 있었다.

"여기 앉아 듣고 있는 사람들은 질문이 없는 줄 아세요?"

"나한테 왜 자꾸 전화해요? 성가셔 죽겠네."

"제정신이야? 길 한가운데 차를 저렇게 세우면 들
이받으라는 말이야?"

까닥하다가는 동료에게 큰소리 지르고, 정말 길 한가운
데 세워놓은 차를 받아버리고, 전화 건 사람에게 악을 쓸
것 같았다. 생각과 감정이 내가 통제할 수 있는 선을 벗어
나고 있었다. 이러다가는 감정에 휩싸이는 일이 많아질 것
이며, 판단이 흐려지고 행동에도 실수가 생길 것이다. 누
군가에게 큰소리를 치거나 나도 모르게 손이 올라갈지도
모른다.

일 때문에 스트레스가 많아서일까? 좋아서 하는 일이지
만 심리상담사는 스트레스가 많다. 화가 드러나면 화를 견
디어주고, 우울이 보이면 우울에 머무르고, 불안이 보이면
그 불안을 같이 버티기도 한다. 온갖 감정에 휩쓸리지 않
으면서도 순순히 열리지 않는 마음속을 헤쳐가다 보면 기
진맥진해진다. 심리상담사가 마음이 편치 않으면 상담에
문제가 생긴다. 일을 그만둬야 할 정도로 심각해져서는 안
되는데 큰일이 난 것이다.

심리상담은 마음 수술이다. 시작하려면 큰 결심이 필요하다는 점에서 마음 수술과 외과수술은 비슷하다. 그 밖에도 둘 사이에는 비슷한 점이 많다. 치료자에 대한 신뢰가 있을 때 치료 효과가 크고, 치료가 안 될 때는 하다가 중단하기도 한다는 점이 그렇다. 처치가 끝난 후 회복 여부는 치료받는 사람의 상태, 의지 그리고 운에 달려 있다는 점에서도 공통점이 있다.

피할 수 있다면 피하고 싶다는 점에서도 둘은 비슷하다. 상담실에 찾아오는 사람들 중 10년 이상 불면증으로 고생하던 분이 있었다. 상담 첫날, 속을 털어놓는 게 쉽지 않은 듯 한참 동안 주저하더니 어렵게 한마디 입을 떼며 말했다.

"할 수 있는 것들은 다 해봤어요. 운동도 해보고, 교회도 가보고, 한의원 가서 약도 지어 먹었어요. 안 해본 게 없어요. 이제는 심리상담까지 받아야 하는 건가요?"

자기가 한 말에 설움이 밀려오는지 큰 소리를 내며 한동안 울었다. 많이 바뀌었다고 하지만 사람들은 여전히 심리상담이 불편하다. 수술을 받지 않고 치료하는 방법이 있다면 우선 그 방법을 시도해보는 것처럼, 심리상담은 가장 나중에 선택하게 되는 마음 치료법이다.

심리상담 전문가들은 상담의 문턱을 낮추어 필요한 치료를 받게 하려 노력한다. 서비스를 대중에게 알릴 때, 치료나 상담 대신 '힐링'이나 '웰빙'처럼 거부감이 적은 단어를 쓰거나 따뜻하고 온화한 상담 선생님의 모습이 담긴 이미지로 상담센터를 홍보한다. 성형외과 광고에 수술 장면보다는 가운을 차려입은 멋진 의사들의 얼굴이 등장하는 것과 비슷하다. 이런 노력을 하는 사람들은 아마 '마음 수술'이란 말을 환영하지 않을 것이다. 수술이라니, 너무 거창하고 위험해 보이는 단어 아닌가. 하지만 난 이 말만큼 적절한 단어가 없다고 생각한다.

마음 수술과 외과수술 사이에는 차이도 있다. 외과수술이라면 치료하는 사람만 상처를 본다. 환자는 아픈 곳을 볼 필요가 없다. 수술 시간 동안 마취 가스를 맡고 자고 일어나면 된다. 의사는 아픈 곳을 연 다음 필요한 처치를 하고 닫는다. 그 후 회복은 환자의 몫이지만 환자는 치료 과정에 참여하지 않는다.

하지만 심리상담은 치료를 받는 사람의 역할이 훨씬 크다. 아픈 사람이 아픈 곳을 바라보겠다고 결심할 때에야 비로소 마음 수술을 시작할 수 있다. 그래서인지 '상담 한 번 받아보고 싶다'는 사람은 많아도 실제로 심리상담소를 찾는 사람은 훨씬 적다.

아픈 자기를 들여다보는 것은 어려운 일이다. 심리상담사인 나라고 다를 것이 없었다. '내 병은 내가 알아', '내가 내 마음 하나 못 챙길 줄 알아?' 하며 차일피일 치료를 미루고 있었다. 하지만 점점 변해가는 내 모습을 보자니 더 지체해서는 안 되겠다 싶었다. 이왕이면 좋은 쪽으로 생각해보자는 마음도 들었다. 심리상담사는 자신의 문제가 치료에 방해되지 않도록 자기 이해를 하는 것이 필수다. 그동안 바쁘다고 미뤄뒀는데 오히려 잘되지 않았는가.

'무엇 때문에 마음이 출렁거리는지 알게 되면 괜찮아질 거야.'

'어차피 받아야 하는 거였잖아.'

'걱정하지 말자. 내가 잘 아는 일이잖아. 무슨 걱정이야.'

문제가 생겼다면 문제를 보면 된다면서 불안한 마음을 다독였다. 지레 겁먹을 필요는 없다고 애써 담담한 척했지만 마음 한구석에는 이런 생각이 스멀거렸다.

내가 어쩌다 이렇게 된 걸까?

마음만 먹으면
안 되는 게 없었는데

대학교 4학년, 취업 준비를 하고 있을 때였다. 학교는 취업 준비생을 위해 〈선배와의 만남〉이란 프로그램을 운영하고 있었다. 이 프로그램은 인기가 많았는데 그중에서도 외국계 기업에서 근무하는 선배가 오는 날이면 학생들로 강의실이 꽉 찼다.

이름만 대면 알만한 미국 기업에서 선배가 온다고 하니 대형 강의실에 남은 자리가 하나도 없을 정도로 가득 찼다. 강의실 앞에는 과하지 않지만 이목구비가 뚜렷하게 드러나는 메이크업을 하고 핏이 딱 떨어지는 투피스에 하이힐을 신은 선배가 서 있었다. 커다란 강의실을 천천히 둘러보며 말하는 선배는 다른 세상에서 온 사람 같았다. 그 모습을 보다 보니 나도 그 세상에 들어가고 싶다는 강렬한 욕망이 생겼다. 자리에 앉은 취업준비생들은 족집게 강의를 듣는 것처럼 쉬지 않고 받아 적었다.

"전 출근해서 퇴근할 때까지 잠시도 긴장을 놓지 않습니다. 의자에 앉아서 일할 때도 자세를 흐트러뜨리지 않아요. 사람들은 계속 우리를 지켜보고 순간순간 평가를 합니다. 안 될 거 같은 일을 만나면 어떻게 하냐고요? 되게 하세요."

선배의 말을 듣고 정신이 번쩍 들었다. 〈선배와의 만남〉 시간이 끝나자마자 도서관으로 발걸음을 돌렸다. '이제 큰일 났구나', '좋은 시절 다 끝났어', '졸업하기 싫어'라며 친구들과 신세 한탄할 때가 아니다 싶었다. 공부에 소질이 있으니 대학원에 보내 달라고 부모님을 졸라볼 수도 있었지만, 대학원은 돈 걱정 없는 집에서 태어난 팔자 좋은 아이들이나 가는 곳 아닌가.

지금도 그렇지만 25년 전에도 외국계 기업에 입사하고 싶어 하는 학생들이 많았다. 채용과 승진에 남녀차별이 없고 기회도 많다고 했다. 근무 조건도 좋아 보였다. 대기업

연봉 수준에 복리후생제도는 대기업보다 더 나은 경우가 많았다.

운 좋게 아들딸 차별 안 하는 부모님 밑에서 자라고 여대에서 공부한 덕에 학교 다닐 때까지는 남녀차별을 모르고 살았다. 취업 준비를 하면서 사회에서 기대하는 남자와 여자의 역할이 다르다는 것을 알게 되었다. 충격이었다. 남녀차별을 견디며 일할 자신이 없었다.

외국계 기업 입사를 목표로 삼고, 영어 공부도 하고 마지막까지 학점관리도 잘했다. 그렇게 졸업식을 하기 전에 외국계 기업에 취직할 수 있었다. 〈선배와의 만남〉 자리에서 선배가 해준 "안 되면 되게 하라"는 말은 나의 신념이 되었다. 이 말이 육군 특전사에서 쓰는 표어라는 것은 나중에 알았다. 돌이켜보면, 회사에서 나는 전쟁에 임하는 군인처럼 일했다.

모든 일은 마음먹기 나름이라 생각했다. 마음이 약해서 그렇지 마음만 먹으면 안 될 일이 없다 생각했다.

'열심히 하면 원하는 것을 얻는다'는 신화는 내 나이 서른두 살에 맞은 아버지의 죽음으로 산산이 깨져버렸다. 안 되면 되게 한다는 특전사의 주문 같은 표어대로라면, 위암 말기로 진단받은 아버지의 병세도 회복되어야 했다. 우리나라 최고라는 병원에 근무하는 동창을 찾아가 임상시험 약이라도 받을 수 없겠냐며 병원을 옮기는 법석을 피웠지만, 죽어가는 아버지를 살릴 수 없었다.

손 하나 까닥하지 못한 채 아버지를 잃고 무기력감이 몰려왔다. 어떤 일이든 실패를 해도 다른 방법을 찾으면 만회할 수 있었는데 아버지의 죽음은 돌이킬 수 없었다. 죽음은 그것으로 끝이었다. 그때부터였다. 아무리 노력해도 마음대로 되지 않는 세상을 만났다. 나는 흔들리기 시작했다.

큰 아픔이 밀려왔지만 슬퍼하지 못했다. 남들 다 겪는 일에 유난 떨지 말자는 다짐, 살피고 처리하느라 집중하지 못했던 업무 걱정, 아버지 임종 당시 배 속에 있던 둘째 아이에 대한 걱정으로 머릿속이 터져나갈 것 같았다. 걱정을 잊으려고 목표를 만들었고, 목표를 이루기 위해 쉬지 않고 움직였다.

비바람이 불 때 키를 키우고 잎을 키우는 나무는 없다. 흔들리는 나무는 비바람이 잠잠해질 때까지 가만히 있다. 비가 그치고 바람이 잦아들고 해가 뜨기를 기다린다. 하지만 나는 슬픔의 비바람 속에서도 열심히 해야 한다는 강박에 눌려 무언가 하는 것을 포기하지 않았다. 그렇게 꽤 오랫동안 잘 버텨냈다.

그런데 어느 날 갑자기 내 삶에 분노가 터지기 시작했다. 사소한 것에 예민해지고 감정이 폭발하듯 치받는 것은, 마음속 여기저기에 쌓아둔 화 때문이었다. 꺼내놓기 귀찮거나 곤란해서 숨겨놓은 분노는 없어지지 않고 산처럼 쌓인다. 감당할 만큼만 쌓이면 좋겠는데, 살다 보면 넘치게 쌓이는 때가 온다. 치우느라고 치웠는데 치우는 것이 쌓이는 것을 따라가지 못했다.

내 화의 많은 부분은 아버지를 잃은 것 때문이었다. 위암 진단을 받은 지 1년 만에 돌아가신 아버지의 빈자리는 무엇으로도 채워지지 않았다. 시간이 흐르면 잊힌다는 말은 거짓말이었다.

산 사람은 살아야 한다고 해서 꾸역꾸역 살았다. 아버지가 돌아가신 다음 해에 둘째가 태어났고, 갓난아이를 키우느라 슬픔이 옅어지는 것 같았다. 하지만 아버지에 대한 상실감은 감당할 수 없을 만큼 컸다.

세상의 모든 딸들이 아버지에게 느꼈을 만한 아쉬움과 서러움이 눈치도 없이 튀어나와 가시가 되었고, 마음속에 구멍이 숭숭 뚫리기 시작했다. 구멍 난 마음을 싸매고 치료를 시작해야 했지만, 일상의 수레바퀴는 그런 여유를 허락하지 않았다. 나를 돌보는 것이 미숙했던 나는 일상으로 너무 빨리 돌아가 버렸다.

아무렇지 않게 일하고 아무렇지 않게 웃으며 살았지만, 마음속에는 늘 '왜 아버지는 더 내 곁에 있지 못했을까?'란 생각과 함께 대상을 찾지 못하는 분노가 산처럼 쌓여 갔다. 분노가 터진다면 누군가 크게 다치겠다 싶을 정도로 분노는 커져가고 있었다.

프로답게 살자니
항상 초조했고

속은 것 같았다. 하라는 대로 열심히 했으니 나는 지금 행복해야 하는 것 아닌가? 이십 대에는 좋은 스펙과 자랑할 수 있는 커리어를 만들었고, 삼십 대에는 남들이 부러워하는 남편을 만나 아들딸 낳고 가족을 꾸렸다. 나이를 먹으면서 해야 할 일들을 착착 해냈다. 이제 사십 대에 해야 할 일, 이를테면 아이들 공부 잘 시키고 아내 역할을 잘하면서 커리어를 유지하면 되었다.

그런데 마흔 앞에서 길을 잃을 수 있다는 것을 아무도 이야기해주지 않았다. 무엇을 해야 할지도 모르겠고. 해낼 자신도 없어진 지 오래다.

대충도 아니고 최선을 다해 살았다. 40년 동안 이렇게 살았으면 행복까지는 아니더라도 안정적인 삶은 보장되어야 하는 것 아닌가? 들어가 살 집과 당장 그달에 쓸 돈을 고민하게 될 줄은 꿈에도 몰랐다. 이렇게 간절한 마음으로 이력서를 쓰게 되다니. 뉴스에서 연일 삼포 세대, 오포 세대를 언급하면서 취업 시장이 꽁꽁 얼어붙었다는 소식을 쏟아내던 그 무렵. 머리가 팽팽 돌아가는 나이도 아니고, 체력이 팔팔한 나이도 아닌데 취업 시장에 다시 뛰어들게 되었다.

1993년 대학에 들어가 1997년에 졸업하며 생애 첫 취업 준비를 하던 나는 운이 좋은 편이었다. 졸업하기도 전에 꽤 괜찮은 회사 세 군데에서 합격 통보를 받았고, 그중 제일 좋아 보이는 회사를 고르기까지 했다. 지원자가 회사를 선택하는 것이 가능했던 시기의 막차를 탔다. 더구나 나보다 1년 늦게 졸업한 동기는 IMF 금융위기에 맞물려 취업 자체가 어려워졌으니 내가 탄 막차는 보통 막차가 아니었다.

하지만 옛날이야기다. 운은 이미 옛날에 다 써버렸고,

내세울 수 있는 경쟁력을 걸레 짜듯 짜보니 '과거의 경력'과 나이 덕분에 얻은 '노련함' 정도가 남았다.

대학에 들어와서는 학과 공부, 동아리 활동, 학생지도 아르바이트를 하면서 쉬는 시간 없이 살았고 졸업해서는 바로 취직을 했다. 전공도 좋아하고 공부도 잘하는 편이었는데, 공부를 계속하겠다는 생각은 해본 적이 없었다. 팔자 좋은 애들이나 하는 것이라며 애초에 꿈도 꾸지 않았다. 꿈을 꾸었다가는 속상할까 봐 염두에 두지 않았던 게 아닐까.

학창시절에는 공부를 '열심히' 하는 것으로 유명했다. 잠을 줄이고 식사 시간을 줄이는 것은 물론, 양치하는 시간이 아까워 손등에 영어단어를 써서 외웠다. 담임선생님이 적당히 쉬면서 하는 게 좋겠다는 조언을 할 정도였다.

첫 직장은 당시 여의도에 사옥이 있었던 다국적 IT 기업이었다. 회사에는 경력관리에서 롤모델로 삼을 만한 성공한 선배들이 많았다. 평범한 말단 행정직이던 나는 선배들을 보면서 그들처럼 되고 싶다는 꿈을 꾸었다.

성공하려면 전문가가 되어야겠다 싶었다. 관련 분야에

전문성을 증명할 수 있는 학력이나 경력이 필요했다. 대학에서 전공한 불문학은 어디에도 갖다 쓸데가 없었고, 회사를 그만두고 대학원을 가자니 돈이 너무 많이 들었다. 자격증을 따서 전문가임을 증명하는 것이 좋겠다 싶어 선택한 것이 미국 공인회계사 공부였다. 낮에는 회사에 다니고 밤에는 자격증 공부를 하는 주경야독을 3년 넘게 했다. 공부는 어려웠고 시간은 모자랐지만, 삼수를 해서 자격증을 땄다.

이후 운 좋게 우리나라에서 가장 크다는 회계법인에 입사했다. 남들은 좋은 회사에 다닌다고 부러워했지만 나에게 맞지 않는 옷을 입은 것 같은 느낌이었다. 힘들 때가 많았지만 만만한 회사생활이 어디 있겠나 싶어서 꾹 참고 다녔다. 이 회사에서 일하면서 결혼을 했다. 남편은 우리나라에서 최고로 인정하는 학력과 스펙을 가진 명석하고 촉망받는 변호사였다.

그렇다. 나는 남들이 부러워하는 회사에 입사했고, 좋은 조건의 남자와 결혼했다.

회계사로 일하면서 아이 둘을 낳았는데, 평일에 휴가를 내고 산부인과에 가는 것은 프로답지 않다고 생각했다. 산

부인과 검진은 토요일에만 했다. 임신했다는 이유로 배려받고 싶지 않아서 임신 6개월 차에도 해외 출장을 가고, 새벽 두세 시까지 일해도 힘들다 내색하지 않았다. 할 수 있는 거라면 다 하려고 했다. 가진 것을 잃지 않고 싶었고, 성실하다면 안전하고 넉넉한 생활이 보장되리라 믿었다.

대학 졸업 때 통장 잔고가 30만 원이던 내가 졸업 10년 만에 이력서를 멋지게 채울 수 있는 좋은 경력을 쌓았고, 모자랄 것 없는 가족을 꾸렸다. 돈 걱정 없이 편안한 삶을 제공해주는 남편에 건강한 아들딸을 두었으니 이제는 이룬 것을 관리하고 누리면서 살면 되었다.

남편 직장을 이야기하면 사람들의 눈빛이 달라졌다. 부러움 가득한 시선에 처음에는 우쭐한 마음도 들었다. 하지만 자리에 없는 남편을 더 신경 쓰면서 나를 대하는 사람들을 보면 마음이 편치 않았다. 불안하고 초조했다.

말로 표현할 수 없는 공허함의 시간이 밀려왔다. 정신분석학에서는 공허함을 내적 대상에게 버림받았다는 느낌 또는 내적 대상 상실 때문이라고도 본다. 쉽게 말하면 누군가에게 버림받았다는 생각에 공허함이 생긴다는 것이다.

오리무중인 공허함의 정체를 밝혀야 했다. 취업, 결혼, 출산, 40년 동안 하라는 대로 최선을 다해 살아왔는데 마음속 가득히 공허함이 느껴지다니 당황스러웠다. 내 삶은 무엇이 문제였을까?

무언가 놓친 것이 분명했다. 눈에 보이는 것은 다 손에 넣었으니, 아마 놓친 것은 눈에 보이지 않는 것이겠지. 그것은 아마도 '마음'과 관련이 있는 것 같았다. 나는 사람의 마음을 제대로 공부해보기로 했고 상담심리학 공부를 시작했다.

대학원 동기들보다 10년 정도 뒤늦게 심리학과 대학원에 입학한 나는 진로에 대한 고민이 많았다. 더는 헤매고 싶지 않았다. 신중하게 결정한 만큼 자신도 있었다. 그런데 얼마 못 가서 또다시 길을 잃어버린 것이다. 이번에는 진로에서만 길을 잃은 게 아니었다.

나는 인생에서 길을 잃었다.

세상이 내게
계속 친절할 이유는 없지만

어느 날 고민을 나누는 대학원 후배를 만났다. 후배와 마
주하니 저 아래 밀어두었던 고민거리가 하나둘 떠올랐다.
지금 겨우 구한 대학교 상담센터 근로계약 기간이 곧 만
료된다. 매일 구인 사이트에 들어가 보지만, 심리상담사를
뽑는 곳은 지방이거나 집에서 거리가 먼 곳들뿐이다. 초등
학생 둘을 등교시키고 나서 출근할 수 있는 나에게는 그림
의 떡이었다.

"이제 어떻게 하실 거예요?"

분명히 이렇게 묻는 후배의 말이 '앞으로 갈 길이 잘 안
보이죠?'라고 들렸다. 뒤틀릴 대로 뒤틀린 속마음을 들킬

까 봐 얼른 한마디 했다.

"상담사가 되기 위한 최고의 자질은 불안을 견뎌내는 거라잖아."

이 정도면 티가 안 났겠지. 프리랜서로 일하는 상담사가 대부분인 이 바닥에서는 불안을 견디는 것도 다 수련과정이라고 자조적으로 말하곤 한다. 자꾸 듣다 보면 우울해지는 이 말을 내가 하고 있었다.

"저는 중고등학교 상담실 쪽으로 알아보려 해요."

"그래, 그쪽도 괜찮지."

타는 속을 식히려고 팥빙수를 시켰지만 반도 채 먹지 못하고 얼음이 녹아버렸다. 팥과 우유와 얼음이 뒤섞인 모양이 진흙탕 같은 내 마음 같았다.

상담사로 일하기 전, 회계사로 일할 때가 떠올랐다. 그땐 벌이가 꽤 좋았다. 벌이만 본다면 그 일을 다시 하는 게 맞지만, 6년 동안 밥 먹듯이 했던 야근을 생각하면 다시는 돌아가고 싶지 않았다. 그리고 회계사 경력으로는 이미 10년이 가까운 공백이 생겨버렸다. 이름 있는 외국계 회사 재무팀을 떠날 때, 알고 지내던 헤드헌터가 했던 말이 떠올랐다.

"지금 그만두는 자리에 많은 사람이 지원할 거예요."

그때는 흘려들었던 말이 새삼 떠오를 줄이야. 돈은 있다가 또 없다가 한다지만, 이렇게 갑자기 없어질 때는 미리 사인이라도 보내주면 좋을 텐데. 교통신호가 빨간색으로 바뀌기 전 주황색 사인을 보내는 것처럼 말이다. 세상이 나에게 계속 친절을 베풀어야 할 이유는 없다. 눈떠보니 하루아침에 길거리에 나 앉는 사람도 있다는데 그래도 이 정도면 몹시 나쁜 것은 아니다.

들어오는 돈 한 푼 없이 버틴 지 1년이 다 되어가고 속은 바짝바짝 탄다. 그래도 버틸 돈이 있으니 그나마 다행이다. 들어두었던 적금을 해약했고 그마저 떨어지면 마이너스 통장이 있다. 마이너스 통장 금액을 넉넉하게 해둔 내가 기특하기까지 하다.

왜 아무것도 아닌 일에
걸려 넘어질까

- 지속되는 우울 기분을 주관적으로 보고하거나 눈물을 흘리는 것
  이 객관적으로 관찰됨
- 거의 매일 나타나는 피로나 활력의 상실
  — 정신장애를 진단하는 DSM-5 주요우울장애Major Depressive Disorder 진단 기준 중

아이들을 등교시키고 나면 진이 빠졌다. 대단한 아침을 챙겨주는 것도 아니었다. 우유에 시리얼을 말아주고 옷을 챙겨주는 것이 전부다. 예전 같으면 10분 단위로 시간을 쪼개 쓰던 내가 하루를 통으로 흘려보내고 있었다. 황금 모래 같은 시간이 손가락 사이로 빠져나갔다.

집에 혼자 남아 있는 날에는 침대에 쓰러져 꼼짝도 못

했다. 물먹은 솜처럼 기우뚱 쓰러져서는 누군가가 침대에 묶어놓은 것처럼 몸을 일으켜 세울 수 없었다. 아파트 너머에 있는 초등학교에서 아이들이 재잘거리며 등교하는 소리를 듣기 시작해서 그 소리가 하굣길에 재잘거리는 소리로 바뀔 때까지 누워 있기도 했다.

그런 날은 눈물이 났다. 한번 눈물이 나기 시작하면 잘 그치지 않았다. 집에 아무도 없는 것이 다행이다 싶었다. 눈물만 나면 다행인데, 더 큰 문제는 머릿속이 생각으로 가득 차버리는 것이었다.

'참 열심히 살았는데 결국 이렇게 되려고 그렇게 열심히 살았나. 불쌍한 내 인생….'

생각이 신파조로 흐르는 날에는 눈이 더 이상 떠지지 않을 때까지 울기도 했다. 꺼억꺼억 소리를 내며 울다가 거울을 보면 팅팅 부은 못난 얼굴이 보였다. 속상한 일이 있어서 마음이 상하거나 슬픈 느낌과 우울증의 우울감은 농도, 채도가 다르다. 우울은 더 진하고 탁하다.

못난 얼굴을 보니 서러워 또 울었다. 거울에 비친 모습이 불어터진 찐빵 같아서 웃음이 나올 법도 한데 눈물이 났다. 시도 때도 없이 눈물이 터지는 것을 신호로 우울이 내 삶에 찾아왔다.

우울은 사람들을 밀어내는 힘이 있다. 사랑했던 사람, 사랑받던 사람, 나에게 따뜻함과 웃음을 부어주던 사람들을 등 돌리게 하는 힘이 있다. 웬만한 사랑이 아니고서는 우울의 파괴력을 이겨낼 수 없다. 사람을 탓할 수는 없다. 우울한 사람에게서 멀어지려고 하는 것은 본능이니까. 건강한 사람들은 이 본능이 잘 작동한다.

우울한 사람은 자신이 가장 믿고 사랑하는 사람에게만 돌봄을 받고 싶어 한다. 이것이 참으로 비극이다. 도움을 요청하면 할수록 내가 원하는 사랑을 받기는 어려워지고 오히려 주던 사랑도 거두어가는 일이 생기기 때문이다. 우울에 빠진 사람이 누군가에게 의지하려 하면 거의 백이면 백, 그 사람에게 상처를 받는다. 그 사람이 줄 수 없는 만큼을 원해서 그렇다.

우울증은 한 사람의 희생으로 회복되지 않는다. 깊고 오래된 우울은 더욱더 그렇다. 아무리 사랑이 많은 사람도 건네주는 사랑을 블랙홀처럼 집어삼키는 사람을 보고 있으면 자기도 모르게 뒷걸음치게 된다.

뒷걸음치는 것이 자기를 지키려는 본능임을 지금은 알지만, 우울이라는 태풍의 눈을 통과하던 나에게는 다른 사람의 입장을 헤아릴 만한 여유가 없었다.

- 거의 매일 나타나는 불면이나 과다수면
- 체중조절을 하고 있지 않은 상태에서 1개월 동안 5% 이상의 의미 있는 체중 감소나 증가

— 정신장애를 진단하는 DSM-5 주요우울장애Major Depressive Disorder 진단 기준 중

계속 잠이 왔다. 눈꺼풀에 접착제를 붙인 것 같이 눈이 떠지지 않았다. 침대에 누워 있는 시간이 늘어나자 체중도 같이 늘었다. 일주일에 1kg씩 늘어나기 시작해서 한 달이 지나자 5kg 넘게 살이 쪘다.

솜뭉치를 물에 빠트리면 솜이 물을 먹어 빵빵해진다. 바로 건져내도 순식간이다. 물을 머금고 불어 있는 솜뭉치를 보면 원래 모습으로 돌아가기는 힘들겠다 싶어진다. 거울에 비친 내 모습을 보니 딱 그 모양이었다.

체중이 불자 두려움이 밀려왔다. 과식해서 체중이 늘 때와는 다른 느낌이었다. 하루 이틀 과식해서 체중이 늘면, 또 하루 이틀 식단을 조절하면 빠지겠구나 싶다. 그럴 때

는 체중이 는다고 두려워지지 않는다. 이번은 달랐다. 덜컥 겁이 나고 무언가 해야 한다는 생각이 들었다.

대책 없이 체중이 불어나고 있을 무렵, 어떤 모임에서 정신건강의학과 전문의를 만나게 되었다. 이름이 꽤 알려진 체중조절 전문 프로그램을 운영하는 클리닉 원장이었다. 체중으로 고민이 많다고 하자 도와주겠다며 방문을 권했다. 병원 소개 책자를 보니 인지행동치료를 하는 체중관리 프로그램을 자세히 설명하고 있었다. 전문가가 가장 좋은 프로그램을 권해주겠거니 했다.

정신건강의학과 첫 방문 날. 병원에는 생각보다 사람이 많았다. 마음이 아픈 사람들이 참 많구나 싶었다. 사람들 눈에 안 띌 것 같은 가장 안쪽 자리에 고개를 숙이고 앉았다. 대기실에 앉아 있자니 가슴이 답답해 왔다. 예약을 하고도 한 시간 넘게 기다려 원장 선생님을 만났다. 기다리는 내내 머릿속을 맴돌던 단어 '인지행동치료'가 튀어나왔다.

"체중이 갑자기 너무 늘어서요. 인지행동치료라는 것에 관심이 있거든요."

"아, 인지행동치료. 우리나라에서는 아직 인지행동치료로 만족하지 않으시는 것 같아요. 그보다는 조금 더 효과적인 치료법으로 관리해봅시다."

인지행동치료가 우리나라 사람에게 효과가 없다는 이야기인지, 효과는 있는데 만족할 만한 수준이 아니라는 것인지 알듯 말듯 한 이야기가 계속되었다. 선생님이 대신 권유한 것은 식욕억제제와 주사로 지방을 녹이는 체형관리 프로그램이었다. 선뜻 내키지 않았지만 유명한 전문가가 권하는 프로그램이니 효과가 있지 않을까 싶었다. 무엇에 홀린 듯 진료실을 나와 집으로 돌아오는 내 손에는 식욕억제제가 들려 있었다. 집으로 돌아와 혼자 방 안에 앉아 있자니 눈물이 났다.

'왜 아무 소리도 못 하는 거야. 심리상담사씩이나 되면서 아무 소리도 못 하네. 지금 뭐 하는 거지. 왜 바보같이 거절을 못 했니.'

의사를 원망하고 싶었지만 원망은 좀처럼 의사에게 향하지 않았다. 입도 뻥긋 못 하고 부작용이 있을 수 있는 식욕억제제까지 들고 돌아온 나 자신에게 화가 날 뿐이었다.

'싫으면 싫다 하면 되잖아. 의사야 환자들이 만족하는

치료법을 권한 것뿐이고, 마음에 안 들면 안 든다고 말하면 되는 건데.'

괜찮은 척했지만 심장이 계속 두근거렸다. 상처 입은 느낌이었다. 치료자에게 실망하고 나자 치료에 자신이 없어졌다. 무언가를 시도할 기운이 나지 않았다. 이렇게까지 마음 상할 일은 아니었는데. 시원하게 욕 한 번 하고 말면 될 일을. 그런데 우울에 빠지면 아무것도 아닌 일에 걸려 넘어지고, 한번 넘어지면 좀처럼 일어서기가 힘들다. 뼈가 부러지거나 탈골이 되면 바로 일어서지 못하는 것처럼 우울에 걸려 넘어지면 마음을 굳게 먹어도 바로 좋아지지 않는다.

심리상담사로 일을 할 수 없겠다는 생각이 들었다. 이렇게 아픈 마음으로는 사람을 치료하지 않는 것이 맞다. 회복해서 다시 시작하면 된다고 스스로를 다독였지만 일을 내려놓기가 어려웠다. 30대 초반까지 이루어놓은 회계사 경력을 포기하고 시작한 일인 만큼 애착이 컸다. 일을 하려면 억지로라도 할 수 있겠지만 그래서는 안 되었다. 이 정도의 마음 상태로 일을 계속한다면 나도 속이고 상담실에 오는 사람도 속이는 것이니까.

일을 쉬기로 한 결정은, 치료자로서의 윤리와 도리는 지켜주었지만 내 정신건강에는 좋지 않았다. 상실감이 몰려왔다. 누군가의 도움이 절실히 필요한데 도움을 청할 사람이 떠오르지 않았다. 손을 뻗으면 도와줄 사람이 있었지만 도와달라는 말을 내뱉기가 참 어려웠다.

우울이 심해지자 생각에 갇혔다. 하나의 생각이 떠오르면 그것에 사로잡혀 빠져나오지 못했다. 시간이 지날수록 더 극단적이고 비극적으로 펼쳐졌다.

'일하지 못하는 나'라는 생각이 떠오르면 몇 시간이고 그 생각만 했다. 일을 못 하는 상황을 비관하거나 이렇게 되어버린 이유를 찾아내야 했다. 별로 상관없는 이유까지 끌어들여 주변 사람들에게 책임을 전가하기도 했다. 앞으로 다시는 상담사를 하지 못하게 될 거라는 생각에 이르면 공포감에 휩싸였다. 가장 비극적이고 극단적인 시나리오를 떠올리며 스스로를 괴롭혔다.

누군가 의지할 사람이 필요했지만 주위에 아무도 없는 것 같았다. 우울은 의지할 수 있는 사람들을 밀쳐내게 한다. 그 무게와 어두움에 사람들은 겁을 먹고 도망간다. 내

우울은 생각보다 심각했다.

내가 싫어지니 사람들도 싫어졌다. 이상해진 모습을 들킬 것 같아서 누군가 연락을 해와도 피하기 바빴다. 도와달라고 소리쳐야 할 때 오히려 입이 굳게 닫혔다. 힘들어도 호들갑 떨 줄을 몰라서 내가 이렇게 힘든 줄 아무도 몰랐다.

어려서 많이 아팠던 나는 내가 아프면 주변 사람들이 힘들어하는 것을 보며 자랐다. 더는 폐를 끼쳐서는 안 된다는 생각이 늘 있었고, 그래서 도와달라고 할 만한 상황을 만들지 않으려 애쓰며 살았다.

"도와주세요."

이 한마디를 하는 것이 나는 참 싫었다. 깊고 깊은 땅속으로 마음은 꺼지는데 아무 말을 할 수가 없었다.

누군가에게 화가 났다,
미친 듯이

- 거의 매일 무가치하고 과도하게 부적절한 죄책감을 느낌
- 거의 매일 나타나는 정신운동 초조나 지연

— 정신장애를 진단하는 DSM-5 주요우울장애^{Major Depressive Disorder} 진단 기준 중

남편이 가장 싫어하는 것은 씻지 않은 접시가 가득 쌓인 설거지통이었다. 그러지 않으려 했지만 더러운 그릇들이 뒤섞여 며칠 동안 그대로 있기도 했다. 정리를 하려 하면 할수록 기운이 더 빠졌다. 냄새나고 벌레가 생긴 설거지통은 딱 내 마음 같았다. 설거지를 깨끗이 하면 내가 괜찮다고 생각할까 봐 그랬을까? 머리부터 발끝까지 모든 세포가 내가 설거지를 하지 못하게 하는 느낌이었다. 그런 나

를 남편은 이해하지 못했다. 사실 그런 나를 나도 이해할 수 없었다.

우울은 결혼생활을 흔들었다. 남편은 설거지통에는 관심이 있었지만 나의 불행에는 관심이 없었다.

남편은 나와 닮은 구석이 많은 사람이었다. 둘 다 평범한 직장인 아버지 밑에서 태어나 부모의 기대에 맞추며 살아온 맏이였다. 효도하려면 학업능력이 좋아야 하는 우리나라에서 공부머리가 좋은 편에, 악바리 근성을 부추길 열등감도 충분했다.

어린아이 둘을 키우다 보니 남편과 영화를 보거나 외식을 못 한 지 10년이 다 되어갔다. 영화나 외식은커녕 단둘이 나란히 걸어본 게 언제인지 기억이 가물거렸다. 누군가에게 부탁해서 둘만의 외출을 가져볼 수도 있었을 텐데, 누구도 그런 생각을 하지 못했다.

아이들 유치원 발표회에도 얼굴을 비치지 못할 만큼 남편은 바빴다. 아들이 유치원 영어퀴즈 대회에서 일등을 하는 것도, 딸이 유치원 발레 발표회 〈백조의 호수〉에서 주인공 백조가 되어 춤을 추는 것도 보지 못했다. 저렇게 예쁜 아이들을 보러 오지 않는 것은, 내가 싫은 것 외에 다른 이유가 있을 수 없겠다는 생각이 들었다. 거울을 들여다보면 사랑받지 못해 쓸쓸한 여자가 있었다.

사람들은 원하는 사랑을 받지 못하면 새로운 사랑을 찾아 떠나기도 하고, 자책하기도 하고, 상대를 바닥까지 끌고 가 괴롭히기도 한다. 나는 딱히 무엇을 해보지 못했다. 서로 붙잡고 너 죽고 나 죽자 싸움이라도 하면 좋으련만.

나는 속상한 마음을 털어놓는 능력이 꽝이었다. 드라마 속 여자들처럼 해보면 어떨까? 출근하는 남편 뒤통수에 대고 소리를 지르거나, 도어락 비밀번호를 바꾸어 집에 못 들어오게 하거나, 회사로 찾아가 한바탕 소란을 피우는 것을 상상했다. 소리라도 질러보면 시원하기는 할 텐데. 하지만 생각뿐이었다. 남편 뒤통수를 보면, 말은 목구멍 뒤로 넘어가고 한숨만 새어 나왔다.

남에게 풀어내야 하는 화를 풀어내지 못하면 그 화는 자기를 삼킨다. 나는 내 화에 잡아먹히고 있었다.

말이 잘 나오지 않았다. 하고 싶은 말을 하려고 해도 얼른얼른 단어가 생각나지 않았다. 말을 더듬는 일이 많아졌고, 큰 소리로 말하고 싶은데 막상 말을 뱉어보면 들릴

락 말락 한 소리밖에는 나오지 않았다. 내가 망가진 것 같아서 계속 화가 났다. 누구한테 화가 나는지는 모르겠는데 화를 풀기는 풀어야 했다. 나는 돈을 쓰면서 화를 풀기 시작했고, 그렇게 화가 풀릴 리가 없었다. 온몸에 짜증과 피로감이 젖어 들었다. 이렇게 큰 고통을 참고 있으니 이 정도쯤은 내 마음대로 해도 된다며 떳떳한 척했지만 나는 내가 부끄러웠다.

집안일도 육아도 손을 놓게 되었다. 돈만 쓰고 할 일도 못 하는 내가 혐오스러웠다. 자존감이 바닥을 칠 무렵 나의 결혼생활은 끝이 났다. 안정적이고 풍요로웠던 삶의 울타리도 사라졌다.

나에게
마음이 있었어

체중이 늘어나니 조금만 걸어도 땀이 비 오듯 흘렀다. 뒷목도 뻐근하고 두통 때문에 진통제를 달고 다녔다. 손수건을 잊고 나온 날은, 휴지로 땀을 닦으면 휴지조각이 얼굴과 목에 들러붙었다. 땀이 물처럼 흘렀으니. 만나는 사람마다 안쓰러운 낯으로 허옇게 붙은 휴지조각을 떼주었다. 더는 안 되겠다 싶어 병원에서 몇 가지 검사를 하고 의사를 만났다.

"나이도 있으니 체중관리를 하셔야겠네요."

나는 아무 말도 못 하고 눈만 끔벅거렸다.

"혈압이 높으시네요. 경계에 있다고 볼 수 있는데 이 정도면 약을 드시는 것을 권해요. 가족력도 있네요."

"네…. 제가 다리가 많이 저린데 그것도 관련이 있을까요?"

"그럴 수 있죠. 혈액순환이 안 되면 그럴 수 있습니다. 이제 열심히 관리하셔야 합니다. 운동도 하시고요."

다리가 저린 증상에 대해서는 시원한 대답을 듣지 못한 채 처방전을 받아들고 병원 문을 나섰다. 나는 힘든 일이 생겼을 때 누구한테 묻지 않고 혼자 해버리는 편이다. 그러지 말아야지 하지만 고민을 나눌 사람이 떠오르지 않는다. 내가 고혈압약을 먹어야 한다는 사실을 이야기할 사람도 도통 떠오르지 않았다.

'열심히 관리하라고 했으니 하면 되지 뭐. 다리 저린 건 정형외과에서 해결하면 되잖아.'

냉장고가 고장 나면 고객센터 전화번호를 검색하듯 예약할 정형외과를 인터넷에서 검색했다. 기계가 고장 나면 수리하고 사람이 아프면 치료한다. 망가진 것을 바로잡는 것은 같아도, 사람은 기계와 다른 점이 있다. 눈에 보이지 않는 것을 살펴야 한다는 거다. 사람에게는 마음이 있기 때문이다. 사람이 아플 때는 마음을 꼭 살펴야 한다. 그래야 나을 수 있다. 내가 항상 내담자들에게 이야기해줄 정도로 잘 아는 내용인데, 막상 내 일이 되고 보니 놀라고 겁난 마음을 나눌 사람이 없었다. 누구에게 힘든 소리, 죽는 소리하기가 왜 이리 힘든지.

혈압약 처방전을 받은 날로 정형외과 예약을 했다. 하지정맥류 진단을 받고 수술도 했다. 아픈 곳을 찾아 고치니 몸에 나타나는 증상들은 좋아지는 듯했지만 또다시 몸 여기저기서 이상 신호를 보냈다. 마음이 아프니 몸이 아프고, 몸이 아프니 마음이 아프고 악순환이 끝나지 않았다.

악순환을 끊으려면 고혈압이나 하지정맥류를 고치는 것으로는 안 되겠다 싶었다. 미루고 미뤘던 마음 수술을 시작했다. 상담실을 방문했던 첫날은 기억이 잘 나지 않는다. 그즈음에 있었던 일들은 기억이 나지 않을 정도로 우울이 내 머릿속 깊숙이 자리 잡고 있었다.

상담사 의자에 앉아 일하다 반대편 의자에 앉으려니 무척 어색했다. 심리상담을 받는 사람을 칭하는 '내담자'라는 단어가 주는 어감만큼 그 자리도 낯설었다.

상담 첫날, 상담실 의자에 앉자마자 속마음이 눈물과 함께 후드득 쏟아졌다.

"선생님, 제가 우울이 너무 심해요. 뭔가 잘못되고 있는데 어떻게 해야 할지 모르겠어요."

눈물과 콧물로 범벅이 될 때까지 울고 또 울었다. 한동안 쏟아내지 못한 말과 감정을 쏟아내자 긴장이 풀리고 맥이 빠졌다. 그러고 나니 덜컥 걱정이 됐다. 내가 이 사람을 어떻게 믿어? 내 이야기를 하고 다니면 어쩌지? 내담자가 얼마나 떨리는 마음으로 상담실에서 이야기를 하고 있는지, 상담실에 와서 자기 이야기를 하는 이들이 얼마나 용기 있는 사람들인지 새삼 느껴졌다.

그다음 무슨 말을 해야 하나 싶어 머뭇거려졌다.

"선생님, 이제 무슨 말을 해야 하나요?"

"떠오르는 대로 솔직하게 말씀하시면 됩니다."

머뭇거리다 며칠 전 꾼 꿈을 말하기로 했다.

잘 모르는 사람들이랑 차를 타고 어디론가 가고 있었어요. 사람들은 신이 났는데 저는 그들이 왜 그럴까 이상했어요. 어디로 가냐고 물어보니 알려주지도 않고 운전은 제가 하고 있어요. 나한테 운전

을 왜 시키냐고 물어보고 싶은데, 하고 싶은 말이
목구멍에 걸려서 나오질 않아요. 내키지는 않는데
제가 해야 할 일인 것 같아서 아무 소리도 못 하고
운전을 했어요. 도착하고 보니 워터파크더라고요.
재미있게 놀라고 인사라도 하려고 했는데 차 뒷문
이 미끄럼틀로 변하면서 사람들이 다 물속으로 들
어갔어요. '나도 물놀이 좋아하는데…' 혼잣말을
하고 돌아서서 길을 걷는데 하늘이 갑자기 핏빛으
로 변해요. 길거리에 사람들이 여기저기 누워 있
고, 차가운 바람이 불고. 갑자기 겁이 났어요. 누워
있는 사람을 들여다보니 죽은 지 한참 되었는지 얼
굴을 알아볼 수 없을 정도였어요. 죽은 사람 얼굴
을 보면서도 많이 놀라지 않은 것 같아요. '아, 그렇
지. 여기가 내 세상이지. 워터파크는 나랑 어울리
지 않아.' 그러면서 잠에서 깼어요.

　꿈 이야기를 꺼내놓고 앞에 앉은 선생님 눈치를 살폈다.
어떻게 들었는지 궁금하고 이 꿈 이야기를 치료에 어떻게
쓸 것인지도 궁금했다. 상담 선생님은 별말이 없었다. 열

심히 듣는 것 같기는 한데. 내가 혼자 알아서 길을 찾아가기를 바라는 것 같았다. 꿈속에서도 혼자 걷고 있었는데 상담실에서도 혼자였다.

상담 선생님은 생각보다 덜 친절했다. 발가락이 삐어서 침 맞으러 가는 한의사나 정기 스케일링을 하러 가는 치과의사보다도 설명을 덜 했다. 상담자가 말을 자제하고 감정을 덜 드러내는 데에는 내담자의 마음이 뚜렷이 드러나게 하려는 의도가 있다는 것을 알고는 있지만, 원칙만을 고집하는 완고함이 야속했다. 내가 느끼는 원망으로 상담실에 냉기가 흘렀다.

떠오르는 대로 솔직하게 말하기는 쉽지 않았다. 우울함에 찌들어 망가진 일상을 입 밖으로 내뱉을 때마다 심장이 푹푹 파이는 것처럼 아팠다. 마음 수술은 고통스러웠다. 마음 수술도 외과수술처럼 의사 혼자 환부를 째고 고치고 봉합해주면 좋을 텐데. 만신창이가 된 모습을 직접 꺼내놓고 보니 오히려 더 불안하고 우울해졌다.

모든 수술이 그렇지만 마음 수술도 치료에 고통이 따른다. 생살을 자르는 고통 같을 수는 없으나 겪고 있는 증상이 심해지기도 하고, 없던 증상이 나타나기도 한다. 좋아지는 과정에서 일어나는 어쩔 수 없는 고통인데, 견디지 못하고 중도에 그만두는 경우가 내 경험에 비추어볼 때 반 이상은 된다. 내 경우도 마찬가지였다. 체력도 정신력도 바닥인 상태에서 심리상담을 하는 것만으로는 우울에서 빠져나오기 역부족이었다. 증상은 좋아지다 나빠지다를 반복했다.

정신건강의학과, 내과, 정형외과에 심리상담소까지 가고 혼자 할 수 있는 것들은 다 찾아서 해보았지만 원하는 것을 얻지 못했다. 우울의 원인을 찾고 내가 어디가 얼마나 많이 망가졌는지는 알게 되었지만, 치료가 되는 것 같지 않았다. 오랫동안 위축되고 상처받아 망가진 마음이 치료를 방해했다. 심리상담을 중단했고, 그마저 포기하자 나는 더 무너져갔다.

할 수 있다는
말을
듣고 싶었나 보다

브라질리언 왁싱 아니고
브라질리언 주짓수

"우리 나가서 좀 걷자."

걷다 보면 시끄러운 속이 가라앉을까? 번화가를 걷는 이 많은 사람들은 어디로 가는 걸까? 나처럼 어디로 가야 할지도 모르고 무작정 걷는 걸까? 바삐 갈 곳이 있는 사람들 사이에 어슬렁거리며 걷고 있으니 시끄러운 속이 더 요란해졌다. 다닥다닥 붙어 있는 간판들 사이에서 간판 하나가 눈에 들어왔다.

주짓수.

하얀 바탕에 까만 글씨로 쓰여 있는 생소하기 짝이 없는 단어. 우연히 읽게 된 "깔리고 구르다 한 번 넘기니 이 맛이

네"라는 제목의 기사가 기억났다. 주짓수라는 낯선 스포츠를 체험해본 기자의 체험기였다. 여자가 남자를 이길 수 있는 무술이라면서 여리여리한 체구의 여자가 상대를 위에서 누르며 제압하고 있는 사진이 뇌리에 꽝 박혀 있었다.

주짓수, 그 앞에 브라질리언이란 말이 붙으면 그 정체는 더 모호하고 짐작하기 어려워진다. 브라질리언 왁싱은 알아도 브라질리언 주짓수라니. 브라질에서 온 모양이다. 지구 반대편에 있는 브라질과 나 사이의 거리만큼 나와는 상관없을 것 같은 단어. 그런데 주짓수가 왜 자꾸 눈에 들어오는지 모르겠다.

"일상에 변화를 줘보세요. 그래야 삶이 달라집니다."

늘 세련되고 온화한 미소를 머금고 말하는 상담의 대가 Y대학 Y교수의 말이 떠올랐다. 변화를 주는 게 어려우면 건너다니는 횡단보도라도 바꿔서 건너보라고. 지금과 다른 삶을 살고 싶다면 일상에 변화를 주라는 것이다.

바다 건너 먼 나라에서 온 이 낯선 무술을 한다고 내가 원하는 삶을 살게 될까? 변화라면 다른 것도 얼마든지 있지 않은가? 십자수라든가, 첼로라든가. 아무것에도 흥미가 생기지 않는 게 문제라면 문제였다. 무언가 새로운 것이 눈에 들어오기가 참으로 오랜만이었다. 다른 건 몰라도 주짓수를 하면 일상에 변화가 생기기는 생기겠구나.

"저기 가볼래?"

손가락을 들어 함께 걷고 있던 후배에게 간판을 가리켰다.

"주짓수가 뭐예요?"

"나도 몰라. 그래서 가보자고. 무슨 무술인가 봐."

도와줄 수 있는 게 있으면 더한 것도 해주겠다는 듯, 함께 가주는 것이 뭐 그리 어렵겠냐는 듯 후배는 한마디도 더 하지 않고 따라왔다. 체육관으로 올라가는 엘리베이터를 타고 나니 심장이 콩닥거렸다. 세상에서 상처받고 속세를 떠나는 비장한 협객이라도 된 것 같았다. 무술이라니. 내가 미친 건 아니겠지? 나이 마흔이 되면 마음에 지각변동이 생긴다더니, 이 정도면 지각변동 맞네. 분석심리학이 꼭 들어맞는 것 같아 피식 웃음이 났다.

분석심리학은 카를 구스타프 융(1875~1961)이 만든 신비의 심리학이다. 융은 마음을 여러 층으로 나눌 수 있다고 믿었다. 삶은 달걀껍데기 안에 흰자가 있고, 또 그 안에 노

른자가 있듯이 마음을 여러 개 층으로 나누었다.

바깥층은 누구나 볼 수 있지만 안으로 갈수록 그 속이 어떤지 모른다. 융은 가장 바깥층을 '페르소나'라고 불렀다. 본성을 감추고 마음에 씌워진 가면은 '내가 아닌 나'라는 의미를 갖게 되었고, 아이러니와 갈등의 아이콘이 되었다.

페르소나는 다른 사람에게 보여주는 나다. 어울려 살려고, 기대에 맞추려고 만들어진 마음이다. 어울려서 잘 살려는 것은 좋지만, 바깥쪽 마음과 안쪽 마음 사이의 차이가 크면 문제가 생긴다. 그 차이가 크면 지각변동이 일어나듯 삶이 흔들리고 어려움을 겪는다. 융은 마흔 즈음에 이런 일이 일어난다고 했다.

예언에 가까운 신비한 이야기를 가벼이 넘기지 못하는 것은, 내 나이 마흔 즈음에 마음의 지각변동을 겪고 있었기 때문이다. 30대 후반부터 찾아온 우울은 갈수록 깊어졌고, 최근에는 걷잡을 수 없을 정도로 심각해지고 있었다.

지각변동으로 생긴 마음의 병을 치료하려면 마음속 가장 깊은 곳의 진짜 나를 만나야 한다. 그러려면 우선 페르소나 안쪽에 있는 '아니마'와 '아니무스'라는 이름의 반대

성의 특성을 가진 무의식을 만나야 한다. 남자의 무의식에 있는 것을 아니마, 여자의 무의식에 있는 것을 아니무스라고 나누어 부른다.

융의 주장에 따르면 페르소나는 '세상'과 나를 연결하고, 아니마와 아니무스는 나와 마음속 가장 안쪽에 있는 진짜 나, '자기'를 연결한다. 이것이 만만치 않다. 저절로 되는 것이 아니다. 수년간의 심리분석과 자기성찰이 필요하다. 분석심리학자들은 진짜 나, 자기를 찾아가는 작업을 영웅이 되는 모험이라고 치켜세우기도 한다.

융은 대극합일을 강조했던 학자다. 남과 여, 음과 양, 과학과 신비, 이 모든 극단의 것이 이어질 때만이 온전함이 이루어진다고 주장했다. 여자는 남성적 특성을 가진 무의식을, 남자는 여성적 특성을 가진 무의식을 만나 개발되지 못하고 드러나지 않은 숨겨진 모습을 개발할 때 타고난 성격이 온전히 발현된다고 믿었다.

그의 말대로라면 나는 내 안에 숨겨진 남성성을 찾아야 했다. 내 안에 숨겨진 남성성이 드러날 때, 지각변동도 멈추고 우울도 치료될 것이다. 내 안에 숨겨진 남성성을 어떻게 찾아야 하지? 융의 이야기가 떠오르고 나니 체육관으로 향하는 발걸음에 더욱 힘이 실렸다.

무술을 배우면 내 안에 숨어 있는 남성성이 깨어날지도 몰라.

파란
매트 위의 세계

영화 〈쉘 위 댄스〉의 주인공 스기야마 쇼헤이가 된 것 같았다. 댄스교습소 앞에서 우물쭈물 망설이던 중년의 회사원처럼 주짓수 체육관 앞에서 오도 가도 못 하고 있는 나.

1996년에 만들어진 영화 〈쉘 위 댄스〉에는 무료하고 지루한 일상을 보내며 하루하루를 살아가는 중년의 남자 주인공이 등장한다. 그는 아침에는 출근하고, 온종일 직장에서 시달리다 저녁에 퇴근하는 평범한 회사원이다. 딱히 부족할 건 없지만 어쩐지 공허함을 느끼던 그는 퇴근길 전차에서 우연히 올려다본 댄스교습소를 찾아가 춤을 배운다. 그곳에서 사람들과 어울리며 춤을 배우면서 삶의 의미와 행복을 찾아간다. 동화 같은 해피엔딩이다.

영화 시작 부분에 스기야마가 댄스교습소 문 앞에서 들어가지도 못하고 돌아가지도 못하는 장면이 나온다. 지금 내가 꼭 그런 꼴이다. 댄스 근처에도 가보지 못했던 스기야마가 마흔이 되어 춤에 빠지고, 무술 근처에도 가보지 못했던 내가 마흔을 넘겨 격투기 체육관 앞을 어슬렁거리는 것을 보면, 마흔이 되면 개발되지 않은 반대 성별의 특성을 들여다보게 된다는 융의 이야기가 제법 들어맞는구나 싶다.

예정에 없던 체육관 방문. 유리문 너머로 바닥에 깔린 매트가 눈에 들어왔다. 레고 블록에나 쓸법한 새파란 색깔 덕에 놀이방처럼 보였다. 아이들이 어릴 때 함께 다니던 놀이방. 비닐 매트가 씌워진 바닥에 알록달록 폭신한 고무공이 가득 차 있었다. 작은 미끄럼틀도 있었는데, 앙증맞은 미끄럼틀 한쪽에는 크고 굵은 글씨가 씌어 있었다.

"어른은 타지 마세요."

아이 때는 아이여서 할 수 없는 것이 많았다. 어른이 되고 싶었다. 어른이 되고 보니, 어른이라서 할 수 없는 것도 많다. 마흔이 넘고 아이를 키우게 되면 할 수 없는 것이 늘어난다. '무술'은 할 수 있기보다는 할 수 없는 것에 가깝지 않나. 쭈뼛거리는 마음으로 성인 출입 가능 놀이방의 문을 밀고 들어갔다.

현관 앞에는 신발이 쌓여 있었다. 운동화며 슬리퍼며 정장 구두까지, 멋 부릴 때 신는 하이힐도 한 켤레 있었다. 매트 위에서는 모두 맨발이었다. 아무렇지 않게 발을 내놓고 있었다. 여기가 편안한가 보다. 나도 덩달아 긴장이 풀렸다.

긴장이 풀리니 사람과 사물이 또렷하게 눈에 들어왔다. 새파란 매트가 깔린 체육관은 널찍했다. 서른 명은 너끈히 수건돌리기를 할 수 있을 만한 넓이였다. 양면에 창이 나 있는데 마주난 큰 창들이 활짝 열려 있었다. 평범한 봄날 오후, 도시에서 들릴 법한 시끌벅적한 사람 소리, 빵빵대는 차 소리가 창문을 타고 올라왔다.

하얀 벽에는 도복을 입은 사람들 사진이 줄 맞춰 걸려 있었다. 시합에서 따온 메달들도 액자에 고정되어 나란히 걸려 있었다. 그런가 하면 매트 구석에는 수련생들이 내려놓은 짐과 옷가지가 널려 있었다. 질서가 있으면서도 자유로움이 느껴졌다.

　음악이 흐르고 있었다. 비트가 너무 빠르지도 느리지도 않은, 단순하지만 이국적인 리듬과 멜로디가 걸그룹 히트곡 후렴구처럼 반복해서 들렸다.

　여자 수련생이 눈에 들어왔다. 반가웠다. 20대 후반쯤으로 보였다. 짧은 단발머리를 하고 매트에 앉아 있는데, 무엇이 그리 좋은지 활짝 웃는다. 여자 수련생 옆에는 팔다리를 늘어뜨리고 땀을 뻘뻘 흘리고 있는 수련생들이 있었다. 벽에 기대어 있기도 하고 바닥에 누워 있기도 했다.

　안쪽 끝에는 삼삼오오 장정들이 모여 있었다. 얼마나 운동을 했는지 머리와 도복이 흠뻑 젖어 있었다. 갑자기 껄껄껄 하고 웃는데 그 소리에 심장이 쪼그라들었다. 여고생 시절, 남학교 앞을 지나갈 때 느끼던 감정이다. 부끄럽고 설레고 당황스러웠다. 도망갈 법도 한데 내 발은 꿈쩍도 하지 않았다.

　영화에서 스기야마는 교습소 창문 사이로 보이는 매혹적인 댄스 강사의 모습에 홀려 교습소를 방문한다. 나는 그저 흰 바탕에 까만색 글씨 '주짓수'만 보고 들어왔다. 나는 대체 무엇에 홀린 걸까? 내가 어떤 힘에 이끌려 체육관으로 오게 되었는지는 그로부터 2년 이상 훌쩍 지난 다음에야 알게 되었다. 나에게 무술 유전자가 있었을 줄이야.

하지만 그날은 알 수 없었다. 신문에서 스치듯이 본 체험기, 우연히 골목에서 마주친 간판, 눈앞에 펼쳐진 파란색 매트, 커다란 창으로 쏟아지는 맑은 봄기운과 햇살, 낯설지만 매력적인 비트의 음악 때문이었나 보다. 이도 저도아니면, 나 하나 버티기 힘들 때 매트 위에 누운 사람들처럼 다 내려놓고 쉬고 싶어서였나 보다 짐작할 뿐이었다.

영화 속 주인공처럼 해피엔딩이 되었으면 좋겠다. 스기야마가 웃음이 가득한 얼굴로 파트너와 춤을 추는 것처럼나도 다시 웃을 수 있었으면 좋겠다.

할 수 있다는 말을
듣고 싶었나 보다

어정쩡하게 입구에 서 있으니 누군가 말을 걸어왔다. 면도하지 않은 얼굴, 반소매 티셔츠에 펄럭거리는 도복 바지를 입었다. 느릿느릿 걸어오는 발걸음도 차림새처럼 여유가 있었다. 크지 않은 키에 평범한 체격.

"운동하시려고요? 운동은 어떤 거 해보셨어요?"

친절하지만 가볍지 않은 목소리, 서두르지 않는 말투.

"요가랑 필라테스, 이거저거 해보기는 했는데 저도 할 수 있을까요?"

"그럼요. 할 수 있죠."

"제가 나이도 많고⋯."

"나이가 몇이길래 그러세요?"

"마흔둘이요."

"에이, 할 수 있어요."

주저 없이 할 수 있다고 해주니 고마웠다. 할 수 있다는 말을 듣고 싶었나 보다.

그 말이 반가웠다. 길 잃고 목놓아 울던 아이가 미아 찾기 방송에서 자기 이름을 들었을 때의 반가움이다. 세상 끝난 것처럼 울어 재끼다 미아보호센터가 어디냐며 눈물을 닦는 심정이었다.

말 한마디에 용기백배가 되었다. 도복을 입은 내 모습을 머릿속에 그려보았다. 몸에 착 감겨 떨어지는 도복, 단단히 허리에 감긴 벨트. 그리고 맨발로 매트 위를 성큼성큼 걷는 나. 높이 올려 묶은 포니테일 머리 총이 걸을 때마다 흔들린다. 씩씩하고 힘차게 걷는 모습이 슬로모션처럼 지나간다. 이런, 현실에서 좌절이 심하면 판타지로 도망간다더니.

눈앞에 펼쳐진 파란 매트가 마법의 양탄자라도 되는 듯, 파란 매트를 밟기만 하면 길고 긴 우울의 터널이 끝나기라도 하는 듯 저 매트를 맨발로 꼭 밟고 말리라는 소망이 가득해졌다. 말 한마디에 출렁, 또 파란색 매트에 출렁거리는 마음을 들여다보자니 착잡하면서도 다행이라는 생각이 들었다. 정말 다행이지 않은가. 하고 싶은 것이 아직 남아 있다니. 심장을 뛰게 하는 것이 남아 있다니.

소위 성공이라 말하는 것들, 나를 근사해 보이게 하는 것을 만나면 가슴이 뛰었다. 저거다 싶은 게 있으면 그 방향으로 달렸다. 뒤돌아보지 않고 잘도 달렸다. 그때와 비슷한 두근거림이었다. 설레기는 마찬가지지만 이번은 다르다. 무술을 하는 나는 과연 근사해 보일까? 망신이나 당하지 않으면 다행이다.

'이 나이에 무술 배워서 뭐에 쓸 건데.'

지금 정말 이걸 해야겠냐며 나 자신에게 물을 만했다. 마흔에 길을 잃고 헤매다 찾은 답이 이거냐고 말이다. 정답 찾기에 지쳤나 보다. 정답이라고 생각했던 것이 과연 정답이었는지 모르겠다. 정답대로 살아온 삶에 뒤통수 맞은 나는 묻고 답하기를 그만두었다.

그래도 펄떡거리는 심장은 믿어도 되겠지. 확신이 없어도 끌림으로 선택하는 내 생애 첫 번째 경험. 바로 무술 도장, 주짓수 체육관 등록이었다.

정답이 아닐 수도 있는 리스크를 안고 선택한 수련 첫 날. 떨리는 마음과는 달리 수업 시작 전 체육관은 조용했 다. 체육관을 방문하던 날, 나를 맞아준 사람이 있었다. 인 사를 했더니 수련 첫날 아니냐며 알아봐 주었다. "선생니 임" 하며 몇 번 불렀더니 사범님으로 부르라고 한다.

탈의실에 들어가 양말을 벗고 도복으로 갈아입었다. 비 좁은 탈의실에서 옷을 갈아입다가 몸이 기우뚱해서 벽에 부딪혔다. 벨트 매는 걸 배워야 하는데…. 허리에 한 번 둘 러 되는 대로 묶었다. 뭔가 이상했다. 어색하고 서투르다. 이래서 뭐가 될까 싶다. 앞으로 고전할 것 같은 느낌. 바득 바득 애를 써봐도 쉽지 않을 것 같은 예감이다. 낯설지만 익숙한 느낌이었다. 대학을 졸업하고 입사한 회사에서도 그랬다. 포브스 선정 재계 20위권 안에 드는 굴지의 외국 계 기업에 입사했던 나는 잔뜩 신이 나 있었다.

불문학과 학생이던 나는 전공으로는 취업에서 득 볼 일 이 없었다. 같은 과 친구들과 '전공 불문' 구인공고에만 지 원할 수 있겠다는 우스갯소리를 해가며 취업 준비를 했다. 그런데 생각보다 쉽게 취업에 성공하자 우쭐해졌다. 사회 생활 어렵다지만 별것 있겠나 했다. 열심히 일해서 인정도

받고 월급도 받아야지. 열심히 하면 잘해낼 거라는 믿음이 있었다.

　세상을 몰라도 너무 몰랐다. IT 전문기업에서 공대 출신 과 공대 출신이 아닌 사람들은 교육의 기회와 진로설계가 시작부터 달랐다. 공대 출신 사원들은 미국 본사나 해외지 사 교육을 받으며 전문가로 성장했다. 행정직으로 입사한 나 같은 직원은 성장할 기회도 적고 가능성도 적었다.

　회사에는 소위 잘나가는 사람이 많았다. 엔지니어 출신 영업 임원, MBA 출신 엔지니어, 외국어가 몇 개씩 능통한 홍보 전문가들을 보고 있노라면 내가 아무리 열심히 해도 여기서는 안 되겠다 싶은 생각이 들었다.

　'잘해낼 수 있다는 스스로에 대한 믿음'을 연구한 반두 라^{Bandura}(1925)라는 심리학자가 있다. 그는 이러한 믿음을 자 기효능감$^{self-efficacy}$이라 불렀다. 능력이 있어도 잘해낼 수 있 겠다는 믿음, 즉 자기효능감이 부족하면 실력 발휘를 하지 못한다고 주장했다. 자기효능감이 부족하면 실력 발휘를 못 하고, 그러면 자기효능감이 더 떨어지게 되는 악순환이 시작된다고 했다.

　열심히 해도 실력 발휘를 할 수 없겠다 싶으니 나 자신에 대한 믿음이 흔들렸다. 그 좋은 회사를 왜 그만두냐는 만류를 뿌리치고, 사표를 던지고 자격증 공부를 했다. 경력을 바꾸어 미국 회계사가 되어 만족할 만한 경력을 쌓았다. 자기효능감 관리 차원에서 볼 때 성공적인 대처였다. 이후에도 노력 대비 만족할 만한 성과가 있는 것만 선택했다. 투자 대비 성취가 적겠다 싶은 것을 붙잡고 있는 것은 미련한 일이라 믿었다.

그렇게 살아온 나를 가슴 뛰게 하는 유일한 것이 무술이라니. 운동신경 둔하기로는 전국구 탑이 되고도 남을 만한 나다. 한 만큼 얻지 못하면 견디지 못하는 나다. 이래서 뭐가 될까 싶으면 그만두고 말 텐데.

보이지 않는 힘에 이끌려 왔지만, 할 수 있다는 말이 간절히 필요했다.

구멍 난 심장이
부끄러워서

체육 시간에 팀을 나눠 피구를 하면 제일 먼저 아웃이 되었다.

"날아오는 공을 잘 보고 있다가 잡아!"

게임 시작과 동시에 아웃되는 내가 안타깝다며 친구들이 해주던 조언도 도움이 되지는 않았다. 당최 날아오는 공을 어떻게 본다는 건지. 피구에서 술래가 되면 공을 피하든지 잡아내야 한다. 잡지 못하고 공에 맞으면 아웃이 되고 만다. 술래팀이 된 아이들은 세 가지 유형으로 나눌 수 있었다.

첫 번째, 선두에서 공을 척척 받아내는 유형이다. 몸이 빠르고 겁이 없는 이 아이들은 앞에 나선다. 나설 만하다는 것을 자신도 알고, 친구도 알고, 선생님도 안다. 이 아이들은 대장이 된다. 자기한테 오지 않는 공까지 몸을 날려 잡아내기도 하는데, 아웃될 뻔한 아이를 구해낸 대장은 능력으로만 최고가 아니라 인기도 최고가 되었다.

두 번째, 대장 뒤에 따라붙는 유형이다. 선두에 선 대장 뒷자리는 제일 안전하다. 앞에서 날아오는 공은 대장이 막아주고 뒤에서 날아오는 공은 자기 뒤에 붙어 있는 아이들이 막아준다. 대장을 알아보고 따라붙을 수 있고, 자기보다 약한 아이들을 밀쳐낼 수 있는 아이들이 그 자리를 차지했다. 대장이 움직일 때마다 기차 꼬리처럼 움직이는 무리 안에서도 몸싸움이 치열했다.

세 번째, 남은 자리에 서는 유형이다. 나는 이 유형에 속했다. 여섯 살에 좌심방 중격 결손증을 진단받고 일곱 살에 심장 수술을 받았기에, 사람 많은 곳에 가서 부딪히면 안 된다는 말을 듣고 자랐다.

내 심장에는 구멍이 나 있었다. 선천적 심장 기형. 수술 전에는 숨이 가빠서 뛰어다니질 못했고, 수술하고 나서는 상처가 아무는 것을 기다려야 했던 내 유년기는 도전보다는 안전이, 성취보다는 건강이 우선이었다. 대장 뒤에 서겠다며 죽기 살기로 몸을 부딪치는 아이들을 보고 있으면 움츠러들었다.

열 살이 넘어서는 남들처럼 생활해도 된다고 의사가 확인해주었지만, 몸싸움을 할 수 있을 만큼 자신이 있지는 않았다. 한번 해볼까 하다가도 가슴 위에 길게 난 수술 자국을 보면 기운이 빠졌다. 대장이 되거나 대장 옆자리를 차지하겠다고 힘을 써대는 친구들처럼 해낼 자신이 없었다. 그래서 피구 시간이면 꽁무니에도 끼지 못하고 어정쩡하게 혼자 서 있다 공을 맞고는 아웃이 되었다.

능력과 인기로 대장이 되는 사람, 대장을 알아보고 주류가 되는 사람, 자의든 타의든 어디에도 속하지 못하는 사람은 사람이 모이는 곳이라면 어디에든 있다. 회사든 동호회든 그룹에서 역할이 정해지면 잘 바뀌지 않는다. 어디서든 드러나는 개인의 특성, 성격은 잘 변하지 않으니까.

체육관에도 대장 성격, 이인자 성격, 어디에도 끼지 않는 이른바 무소속 성격이 있었다. 체육관에 등록한 지 몇 달도 되지 않아 사람을 끌어모으는 사람이 있는가 하면, 낄 곳과 안 낄 곳을 구분하면서 두루두루 잘 지내는 사람이 있고,

몇 년이 지나도 있는 듯 마는 듯 조용한 사람도 있다.

나는 피구 경기 시간에는 꽁무니에 섰지만 늘 그렇지는 않았다. 초등학교 때는 반장도 하고, 대학 때는 학생회장도 해봤다. 몸을 움직이는 것보다는 머리를 쓰는 쪽이 나았다. 실력이 좋다기보다 열심히 하는 것으로는 따라올 사람이 없었다. 몸이 서툰 것을 성실함으로 보상하려 했다. 그것이 나의 삶의 방식이었다.

체육관에는 피구 시간에 대장이 되었을 법한 사람들이 있었다. 격투기 선수, 경찰, 태권도장 관장님, 유도체육관 관장님 등 운동 능력으로 대장들이다. 여학생 중에는 복싱이나 유도를 섭렵하고 더 강한 격투기에 관심이 생겨서 온 경우도 있었다. 이미 강하지만 더 강해지고자 하는 동료들이 상당수다.

신체 능력이 월등한 사람들과 한곳에 있자니 내 마음은 초등학교 체육 시간으로 되돌아가고 있었다. 함께 있기만 해도 가슴이 움츠러드는데, 탈의실에서 옷을 갈아입으면서도 기우뚱거리고 있자니 자격지심이 슬금슬금 기어 나왔다.

무리하는 것이
익숙한 사람

수업은 준비운동, 기술 수업, 스파링 순으로 진행된다. 준비운동 시간, 매트 한쪽 끝에 세 명이 앞으로 나왔다. 그 뒤로 한 명씩 따라붙어 줄을 맞추니 3열 종대가 되었다. 앞선 사람이 구르니 뒤에 선 사람도 따라 구른다.

　내 차례가 되었다. 무릎을 꿇고 바닥에 앉았다. 잠시 주춤하며 어쩌나 싶어 양옆을 보았다. 옆줄 사람들은 경쾌한 리듬을 타며 몸을 동그랗게 말면서 부드럽게 몸을 굴렸다.

　'참 잘도 굴러가네.'

　양옆으로 데굴데굴 앞구르기를 하는 사람들 사이에 있으니 새로운 세계로 가는 문이 열린 것 같았다. 나는 그 문

앞에 덜컹거리며 서 있는 고물차가 되었다. 발바닥에 접착제가 붙은 것 같았다. 3차선 도로 가운데 차선을 막고 서 있었다. 옆 차선에는 스포츠카가 달리는데, 한가운데서 떡하니 길을 막고 있다. 얼굴이 뜨겁고 뒤통수가 시큰거렸다. 차라리 누가 견인해줬으면 좋겠다.

첫날부터 만만치 않았다. 밖에서도 고물차, 안에서도 고물차. 돈 들여 시간 들여 고물차 인증을 하는구나. 사범님은 나를 견인하는 대신 한마디 했다.

"오늘 처음이죠? 할 수 있는 것부터 천천히 따라 해요. 무리하지 말고."

잘하고 싶을 때, 무리하지 말라는 말은 곧이곧대로 들리지 않는다. 그럴만해서 해주는 말인데 흘려듣게 된다.

무리하는 것이 익숙한 사람들이 있다. 남들만큼 해서는 성에 안 차는 사람들이다. 이 사람들은 '고생 끝에 낙이 온다'는 말을 좋아한다. 먹고, 자고, 쉬는 것도 몰아서 하는 능력이 있어서 밥을 먹는 것도 잠을 자는 것도 쉽게 건너뛴다.

이 사람들은 몰입해서 뚝딱 해치우기가 특기라서 불가

능해 보이는 것을 해내고, 능력으로 인정받고, 사회적으로 성공한다. 이렇게 완벽할 때까지 멈추지 않는 사람들을 보고 완벽주의가 있다고 한다.

완벽주의에는 좋은 완벽주의와 나쁜 완벽주의가 있다. 완벽을 추구하는 모습은 같지만 완벽해지려는 이유나 완벽을 이루고 나서 느끼는 감정에 차이가 있다. 보이는 것이 같다고 다 똑같지는 않다. 칭찬받고 싶어서 열심히 하는 아이와 벌 받기 싫어서 열심히 하는 아이는, 행동은 비슷해도 속마음은 다르다. 칭찬받고 싶은 아이는 칭찬을 받을 때마다 좋은 기분을 쫓아 열심히 한다. 반면 벌 받기 싫어서 열심히 하는 아이는 나쁜 기분을 피하려고 열심히 한다.

심리학 용어를 빌려 말하자면, 이상적인 자기^{ideal self}에 가까워지려는 긍정적 완벽주의자는 성취에 따르는 자부심과 활력을 주로 경험한다면, 두려운 자기^{feared self}에게서 멀어지려는 부정적 완벽주의자는 두려움에서 벗어나기 전까지의 수치심과 죄책감을 주로 느낀다. 둘 사이에서 경험하는 주된 정서는 큰 차이가 있다.

나는 어떤 쪽이었을까? 내 무의식의 뿌리에는 '건강한 심장을 갖지 못한 채 태어난 나'라는 인정하고 싶지 않은 내가 있었다. 나는 어쩌면 그 부족한 나로부터 도망치기를 계속하며 살아왔을지도 모르겠다. 부족한 채 마무리된 일을 보면 모자란 나를 보는 것 같았다. 일을 한번 시작하면 완벽해 보일 때까지 손을 떼기가 어려웠다.

완벽에 대한 강박감이 잠시 누그러드는 때가 있었다. 남들이 인정해주는 성과를 이루면 그랬다. 하지만 이뤄내야 한다는 집착으로 얻어진 성취는 오래가지 않았다. 이루고 나서도 쫓기는 느낌이 들었다.

나쁜 완벽주의 유형 역시 좋은 완벽주의 유형처럼 성취를 이룬다. 한계를 훌쩍훌쩍 뛰어넘는 이들에게는 고민이 있는데, 생산성은 뛰어난데 지속성이 떨어진다는 점이다. 경기를 시작하자마자 선두로 치고 나와 달리는 경주마처럼 이들은 초반에는 관심과 집중을 받는다. 그런데 중반을 넘어서면 '나 할 만큼 했어', '더는 못 하겠어'라며 갑자기 트랙을 벗어난다. 심한 우울감이 아니더라도 가벼운 무기력감이나 불안을 겪으면서 소진증후군이라고 진단받기도 한다.

A도 그런 경우다. 잠들기가 어렵고 혼자 있을 때 갑자기

눈물이 터져 나온다며 상담실을 찾아왔다. 어촌 출신인 그는 자신의 표현대로 죽을 만큼 공부해서 서울에 있는 대학에 입학했다. 미팅에 나가면 서울말 쓰는 대학 동기가 부러웠다는 A는 가질 수 있는 것이라면 다 가져야 한다는 생각에 사로잡혔다.

아르바이트를 하고, 장학금을 받고, 좋은 회사에 취직해서 초고속 승진 트랙에 올라 관심과 부러움을 받았다. 왜 그렇게 열심히 살았냐고 했더니, 남들처럼 해서는 절대로 남들처럼 살 수 없는 태생적 한계를 극복하기 위한 몸부림이었다고 했다.

그에게 일을 맡기면 실수가 없고 성과가 좋아 사람들은 그를 인정했다. 그런 그가 어느 날 지방의 작은 도시로 이전 신청을 했다. 모르는 사람이 봤을 때는 좌천으로 보일 만 한 결정이었다. 아무도 그 결정을 이해하지 못했다. 심지어 본인도 그렇게 결정하고 나서는 잠을 이루지 못했다. 욕심을 버리고 사는 것이 좋아 보여 내린 결정인데, 무엇인가 더 있겠다 싶었다. 그렇지 않고서는 불안이 심해질 리가 없지 않은가.

상담실에 찾아와 이야기를 나누던 그는 비로소 자신이

피곤하다는 것을 알게 되었다.

"아, 내가 피곤한 거였어요!"

대단한 발견이라도 한 듯 기뻐했다. 이 발견은 A로서는 대단한 것이었다. 쉬어야 할 때 쉬어본 적이 없던 그는 자신을 돌보는 능력이 무뎌져 있었다. 눈가리개를 하고 앞만 보고 뛰는 경주마처럼 앞으로 나아가는 능력만 과하게 발달해 있었다.

상담이 회를 거듭하면서 A는 자기 마음에 다가갔다. 너무 지쳐서 편안하게 살고 싶기도 하고, 고속승진 트랙에서 벗어나 아쉬우면서도 홀가분하기도 했다. 마주하지 못했던 마음에 다가갈수록 불안은 잦아들었다.

A는 부정적 완벽주의 유형에 해당한다. A 같은 사람에게 제일 어려운 것이 적당히 하는 거다. 일이 완벽하다 싶지 않으면 잠을 잘 수가 없다. 일이 덜 되어 있으면 완벽하지 못한 자기가 드러나는 것 같아서다. 부끄러운 나를 숨기고 열등감에서 벗어나려는 동기는 큰 에너지를 만들어낸다. 남들이 무리라고 하는 계획을 세우고 실제로도 해낸다. 그런데 그렇게 계속해서는 몸이 견뎌낼 수가 없다. 쉬지 못하고 달리기만 하다 탈진해서 다시는 일어나지 못하

게 될 수도 있다.

A는 멈추어야 한다는 것을 알고 있었다. 욕심을 버리고 안빈낙도를 실현하기 위해 내렸다는 이전 신청 결정은 사실은 계속 달리다가 쓰러질 것 같은 자신에게 스스로 내린 응급처치였다. 상담을 종결하면서 A에게 했던 말이 떠오른다.

"무리하지 마세요. 할 수 있다고 다 하지 마시고 약간 아쉬운 듯, 할 수 있어도 덜 해보세요."

몸도 무겁고
마음도 무거운데

기술 수업이 끝나자 일대일로 겨루기, 스파링 시간이 되었다. 수련생들이 마주 앉더니 손바닥을 펴 서로의 손끝을 스치듯 쳐내고 주먹끼리 부딪쳤다. 멀리서 보면 손바닥으로 때리는 시늉 같기도 하고 주먹질을 하는 것 같기도 했다.

"인사를 하고 시작합니다."

사범님이 신입생인 나를 쳐다보며 알겠냐는 듯 눈짓을 했다. 손바닥과 주먹으로 하는 손짓이 스파링하기 전 주고받는 인사인가 보다.

'인사 한번 특이하네.'

손끝을 쳐내고 주먹 마주 대기. 서로를 알아보는 수신

호. 걸스카우트 단원이 손가락 두 개를 쭉 펴고 하는 손 인사 같았다. 손 인사를 하는 사람들이 한 종족처럼 보였다. 그 종족이 궁금해서 고개를 잔뜩 빼 들었다.

스파링이 시작되었다. 둘이 마주 보고, 한 명은 서고 한 명은 앉았다. 몇 걸음 휙휙 걷고 뛴다. 한 사람이 다른 사람 위에 올라타기도 하고, 앉아 있던 사람이 서 있는 사람을 넘어뜨리기도 했다. 몸을 동그랗게 공처럼 말았다 구르는 사람도 있었다. 이리저리 눈이 돌아갔다.

'이게 바로 주짓수 스파링이구나.'

우당탕퉁탕 큰 소리를 내기도 하고, 한 사람이 다른 사람을 꼼짝 못 하게 붙잡아 긴장감이 느껴지기도 했다. 스파링이 연거푸 몇 차례 진행되자 체육관은 호흡과 열기로 가득 찼다. 격투 스파링을 가까이서 지켜본 것은 처음이었다. 주먹으로 내리치면 어쩌나 조마조마했는데 아무도 그렇게 하지 않았다. 주짓수가 타격 금지라는 것은 나중에 알았다.

며칠 전만 해도 궁금한 것도, 설레는 것도 하나 없었다. '이 세상 참 별거 없네' 하며 다시는 쳐다보고 싶지 않았다. 그런데 보고 싶은 것이 생겼다. 궁금해서 자꾸 돌아보고 싶은 것이 생겼다. 열흘 정도는 구경만 했다. 체육관 바닥에 앉아 발가락을 꼼지락거리며 오늘은 시켜주려나 내일은 시켜주려나 기대했다.

기다리던 날이 되었다. 막상 하라고 하니 도살장에 끌려가는 소 같은 심정이었다.

"자, 여기는 완전 초보자예요. 제일 기본적인 것을 알려주면 됩니다."

허리에 파란색 띠를 맨 남자 수련생이 고개를 끄덕이며 걸어 나왔다. 놀이방 보모에게 맡겨지는 아이처럼, 걱정도 되고 다행이다 싶기도 했다.

'드디어 인사를 하겠구나!'

손바닥을 쫙 펴 손끝을 쳐내고 주먹을 부딪쳤다. 우왓! 뭔가 진짜 수련자가 된 느낌. 나도 같은 종족이 된 느낌이었다. 함께 있지 않아도 연결된 느낌 말이다. 소중한 것을 함께 나눈다는 믿음이 있는 그룹에 포함되어 있다는 확신, 소속감이다.

그러고 보니 소속감을 느낄 수 있는 그룹이 없었다. 2년 전 졸업한 대학원이 내가 마지막으로 소속감을 느낀 곳이

었다. 계약직 형태로 일주일에 이틀 정도 나가는 상담센
터, 어쩌다 만나는 아이들 학부모 모임이 전부였다. 유대
감이 생기기에는 그들과 공유하는 것이 많지 않고, 처지나
관심사가 너무 달랐다. 인내심을 갖고 다가갈수록 나는 이
들과 다른 종족이라는 것만 확인되었다.

스파링에 앞서 손 인사를 하고 나자 이곳의 종족이 되고
싶다는 생각이 들었다. 우선 인사도 멋있고, 갖춰 입는 옷
도 멋지다. 어떤 색깔 팔레트보다도 다양한 사람들이 모여
있는 이곳은 호기심 많고 사람에게 관심이 많은 나에게 딱
맞겠다 싶었다. 종족이 되는 통과의례, 첫 번째 스파링이
시작되었다.

뒤에서 구경만 하다가 누군가와 마주 앉으니 긴장이 되
었다. 하늘 같은 선배 수련생은 땅에 등을 대고 다리를 번
쩍 들어 올렸다.

"제 다리를 치우고 앞으로 나와보세요."

다리 쪽 도복을 잡아보려고 앞으로 오른발을 한걸음 디
뎠다. 누워 있는 선배는 등을 빙글 돌리며 다리로 나를 턱
막아섰다. 이번에는 왼발을 한걸음 디뎠다. 그러자 선배도

등을 반대로 빙글 돌려 다리로 또다시 나를 막아냈다. 등을 바닥에 대고 빙글빙글 돌아가는 모습이 신기했다. 시간이 지날수록 약이 올랐다. 어떻게든 다리 쪽 도복을 잡아보겠다고 허리를 구부려 팔을 쭉 뻗었다. 선배는 마치 기다렸다는 듯이 내 양쪽 손목 깃을 두 손으로 잡아채더니 한쪽 다리를 쭉 뻗어 내 배에 대고 들어올렸다.

어린아이가 아빠의 두 발 위에서 비행기를 타고 나는 것처럼 붕 날아올랐다.

"어… 어… 어…."

이렇게 비행기를 타본 것이 얼마 만인지. 날아오르는 순간, 까르륵거리며 아빠랑 놀던 어린 시절이 잠시 스쳐 지나갔다. 그것도 잠시, 붕 날아오른 나는 논바닥에 쓰러진 허수아비처럼 매트에 풀썩하고 내려앉았다.

"다시 한번 해보세요."

선배가 도복을 고쳐 입고 앉았다. 이번에는 기필코 다리 쪽 도복을 잡아보고야 말리라. 숨을 크게 들이쉬었다. 다시 한번 손끝을 쳐내고 주먹을 부딪쳐 인사를 했다.

좀 더 빠르게 해보면 되겠다. 이번에는 예감이 좋다. 아까보다 빠른 걸음으로 걸어 들어가 도복을 잡아본다. 선배는 그 손을 바로 낚아챘다. 그러더니 다리 하나를 아까처럼 쭉 뻗었다. 부웅 또 그렇게 한 번 비행기를 탔다. 비행기가 두어 번 이륙과 착륙을 반복하자 첫 번째 스파링이 끝났다. 도복 바지 깃 한 번 잡지 못한 것은 아쉽지만.

들뜨고 신이 났다. 이런 기분을 다시 느끼다니. 몸도 무겁고 마음도 무거웠는데. 걷는 걸음마다 발자국이 깊이 팰 것 같던 내가 날아올랐다.

아, 이곳에서라면 정말 다시 날아오를 수 있을지도 몰라.

주책 좀 부리면
어때

남자 수련자와 신체접촉이 많은 운동을 하는데 낯뜨겁지 않으냐는 질문을 받곤 한다. 몇몇 지인을 체육관에 데리고 간 적이 있는데 기겁하고 도망가는 것을 보면, 어떤 사람들에게 주짓수는 시작하기에 부담되는 구석이 분명히 있다.

나는 마흔 넘은 아줌마의 뻔뻔함 덕인지 다른 성별과 운동하는 데 거부감이 없었다. 남자들과 함께 운동한다니 기겁하고 꽁무니 빠지게 도망가는 지인들을 보면서 '아니 왜 그렇게들 촌스럽지?' 했다.

그렇게 한 달 정도인가 수련을 할 즈음이었다. 내가 다니는 체육관에는 유명 남자배우가 있다. 하루는 그 배우가 내 기술 파트너가 되었다. 기술 연습을 하려고 나를 향해 성큼성큼 걸어오는 모습을 보고 있으니 나도 모르게 심장이 빨리 뛰기 시작했다.

기억을 더듬어보니 10년도 훨씬 전, 나는 그 배우가 출연했던 드라마의 열혈 팬이었다. 그 배우가 나오는 드라마를 본방 사수하며 눈 빠져라 TV를 들여다본 기억이 났다. 10년 넘게 묵은 팬심도 팬심이다. 갑자기 옛날로 돌아가는 것 같았다. 심장이 쿵쾅거렸다. 아, 이를 어쩌지. 얼굴이 화끈거렸다. 이러고 있다가는 운동이고 뭐고 하나도 안 될 것 같다.

'체면을 지키려면 아무렇지 않은 척해야 해'와 '체면 따위가 뭐가 중요해. 솔직하게 표현해보자'는 생각이 머릿속을 왔다 갔다 했다. 그래도 이 정도는 다들 이해해주지 않겠냐는 생각이 들자 입 밖으로 말 한마디가 튀어나왔다.

"아휴, 난 몰라."

너무 긴장한 탓인지 나도 모르게 두 손으로 얼굴을 감쌌다. 생각보다 큰 목소리가 터져 나왔다. 주책도 이런 주책이 없었다. 그래도 설레는 마음을 왈칵 쏟아내고 나서인지 홀가분했다. 이런 것을 보고 게슈탈트가 완성되었다고 할 수 있겠지.

게슈탈트, 개체에 의해 지각된 행동 동기. 프로이트가 이야기한 리비도의 업그레이드 버전이다. 사람과 환경 사이에서 끊임없이 만들어졌다가 사라지는 행동 동기이다. 더운 날 물을 마시고 싶어지는 것을 게슈탈트라 할 수 있다. 물을 마실 때까지 물을 마시고 싶다는 생각이 계속 떠오르는데, 물을 마시고 나면 그 생각이 사라진다. 게슈탈트가 해소된 것이다.

설레는 마음을 내뱉고 나자 나의 게슈탈트는 해소되었다. 마음은 홀가분해졌는데 사람들 시선이 일제히 나에게로 쏠렸다. 튀어나온 말을 주워 담을 수도 없고. 파트너인 배우 수련생은 이런 일이 처음이 아니라는 표정으로 빙그레 웃고만 있었다. 수십 개의 눈이 나를 보는 것 같았다. 그러다 다들 대수롭지 않은 듯 수업 준비를 하는데 옆에서 어떤 여학생의 목소리가 들렸다.

"언니, 제발 그러지 좀 마세요!"

소리가 나는 곳을 돌아보니 열 살은 더 어려 보이는 여자 수련생이 도끼눈으로 나를 노려보고 있었다. 아마 내가 나의 게슈탈트를 해소하는 동안, 소리를 지르고 싶은 게슈탈트가 생긴 사람이 있었던 모양이다. 수업 분위기를 망치지 말라는 말인가 보다. 부끄럽고, 울컥하고, 그러면서도 시원했다. 비 오는 날 무거운 짐을 잔뜩 들고 가다가 우산이고 뭐고 내팽개치고 바닥에 주저앉은 것 같다고 할까.

그러지 말라는 소리가 참 신선했다. 돌이켜보면 내가 하는 행동은 늘 기준에 가까운 편이었다. 어렸을 때는 모범생이었고, 회사에서는 돈을 다루는 중요한 직책 덕에 대우를 잘 받았다. 전 남편 덕에 30대 초반부터 사모님이라는 소리를 들었다. 아쉬운 소리 안 하고, 싫은 소리 한 번 듣지 않고 참 오랫동안 잘 살았다.

낯선 곳에서 낯선 소리를 들으니 참으로 신선했다. 평생 안 해보던 일을 하면 평생 겪지 않는 일을 겪는다. 그것이 좋은 것이든 나쁜 것이든 말이다. 한 번도 꺼내보지 않은 주책맞은 생각을 꺼냈다가 제대로 망신을 당했다. 얼굴이 화끈거리고 조금은 억울하다.

한편으로는 통쾌함이 느껴졌다. 체면 차리겠다고, 싫은 소리는 하나도 안 듣겠다고 버티며 살았다. 끓어오르는 속마음이 보여도 못 본 척, 들려도 안 들은 척했는데. 이렇게 속을 드러내놓고 보니 내 안에는 영락없는 주책바가지 아줌마가 있었다. 무슨 기대를 했을까? 테레사 수녀 같은 성인이라도 들어앉아 있을 줄 알았나.

내가 주책을 좀 부렸지만 세상은 눈 하나 꿈쩍하지 않는다. 수업은 계속되었고 아무도 나에게 신경 쓰지 않는다. 내 속이 얼마나 빨갛게 타올랐는지, 얼마나 부끄러운지는 나만 안다. 주책을 부리면 누구나 부끄러운 거다. 또 수업 시간에 주책을 부리면 싫은 소리를 듣는 거다. 문제는 주책을 부리고 나서 뒷감당이다.

사람은 첫인상이 반인데, 낯이 익기도 전에 이미지 관리에 실패했다. 이제 주책바가지 아줌마로 유명하겠구나. 하지만 어쩌겠는가. 세상은 원래 마음대로 안 되는 것을.

이제는 기술 수업에 집중해보자고 마음을 다잡았다. 남자배우는 내 목에 팔을 두르고 초크 기술을 연습했다. 기술이 걸려서 목에 압력이 가해지는 순간, 더는 콩닥거림도 설렘도 느껴지지 않았다.

'어? 이분 너무 세게 잡아당기는 거 아냐?'

목 주위에서 느껴지는 압박감에 정신이 번쩍 들었다.

요령을
배운다는 것

엉덩방아 찧듯 앉았다 등을 대고 빙글 구르기도 하고 벌떡 일어났다 앉기도 하는 모습을 지켜보고 있었다. 한 명이 그러고 있는 것을 봐도 정신 사나운데 두 사람이 번갈아 그러는 것을 보니 혼이 나갈 지경이었다. 처음 며칠 구경꾼 처지에서 볼 때야 긴장감 있고 신났는데, 막상 따라하려니 막막하다.

그래도 고무적인 일은 있었다. 수련 첫날 애먹던 앞구르기를 사흘 만에 성공했다. 둘째 날 앞구르기는 성공이라할 수 없었다. 첫날 실패를 만회하겠다며 단단히 다짐했지만 막막하기는 마찬가지였다.

'에라 모르겠다.'

정수리를 땅에 댔다. 눈을 질끈 감고 몸을 앞으로 힘껏 밀었다. 아니 밀었다기보다는 던졌다는 것이 정확하다. 구석에 세워둔 대걸레가 넘어가는 것처럼 몸이 앞으로 기우뚱 넘어가며 '쿵' 하고 소리가 났다.

"어! 그렇게 하시면 다쳐요."

사범님이 놀랐나 보다. 그렇게 무대포로 넘어가리라고는 예상하지 못한 눈치였다. 맞다. 이렇게 해서는 안 되겠다. 도대체 어떻게 굴러야 하는 거지?

마음이 앞서니 소란스럽다. 익숙한 것은 서둘러도 탈이 덜 난다. 익숙하지 않은 것은 익을 때까지 기다려야 한다. 잘해보고 싶고 얻고 싶은 것일수록 기다려야 한다. 사람 관계도 그렇지 않은가. 가까이하고 싶은 사람을 만났다고 서둘러 마음을 내던졌다가는 소란이 나거나 서로 기분만 상할 수 있다. 낯을 익히고, 호감을 표하고, 자신을 알리면서 서로를 알아가는 데 공을 들여야 한다. 사람을 사귀는 데에도 요령이 있듯이 주짓수에도 구르는 요령이 있겠지.

"몸을 이렇게 둥글게 만들어보세요."

얼빠진 표정으로 서 있는 나를 보더니 사범님이 시범을

보였다. 나처럼 정수리를 바닥에 대지 않았다. 준비 자세에서 공처럼 몸을 말고 나니 머리 뒤쪽이 바닥에 닿았다. 천천히 몸이 굴러갔다. 굴러내고야 말겠다는 다짐 같은 것은 느껴지지 않았다.

'몸을 둥글게, 머리 뒤쪽이 바닥, 힘은 빼고.'

대장금이 한상궁 마마에게 전수받은 궁중요리 비법을 잊지 않으려는 간절함으로 중얼중얼거렸다. 언젠가부터 중얼거리는 버릇이 생겼다. '작은 아이 알레르기약 타러 가야 해', '금요일이 학원비 마감일이야' 중얼거리면서 우울과 피로에 찌들어 잠들어 있는 뇌에 말을 걸었다. 그러면 말하는 기능을 맡고 있는 브로카와 베르니케라는 이름을 가진 뇌의 영역이 활동하면서 뇌가 깨어났다. 좀 더 많이 외워지고 좀 더 오래 기억이 되었다.

세 번째 수련 시간이 왔다. 앞구르기를 하는 시간이 되었다. 목뼈와 척추뼈가 순서대로 하나씩 닿는 것처럼 몸을 굴리던 사범님의 모습을 머릿속에 떠올렸다. 무릎을 구부리고 두 손바닥을 땅에 대고 앉았다. 턱을 끌어당겨 가슴에 붙이면서 다리를 쭉 뻗었다. 그리고 몸을 앞으로 굴렸다. 힘을 하나도 주지 않았는데 마차 바퀴 굴러가듯 굴러 갔다.

'구른다! 몸이 구른다!'

첫째 날은 우왕좌왕하며 눈치 보기 바빴고, 둘째 날은 쿵 소리를 내며 바닥에 떨어져서 사범님을 놀라게 했으나, 셋째 날에 드디어 해냈다. 요령을 몰랐다면 여전히 쿵쿵거리고 있었겠지. 순식간에 한 바퀴 구른 몸은 구르기 전과 같은 자세로 돌아와 있었다. 뒤통수와 목이 차례대로 바닥에 닿으면서 느껴지는 부드러운 압력, 경락 마사지사의 손길에서는 느낄 수 없는 스릴이 있었다.

생애 처음 앞구르기는 아니지만 마치 처음 한 것처럼 그 짜릿함이 이루 말할 수 없었다. 시력을 잃은 사람이 기적적으로 눈을 떠 다시 세상을 보았을 때 감격과 비슷하다고 할까? 고등학교 체육 시간에 매트를 깔고 앞구르기 할 때의 기억도 잠시 스쳐 갔다. 매트 위에 굴러다니던 굵은 모래의 감촉도 떠올랐다.

정신을 차려보니 매끈매끈하게 광나는 파란색 매트 위를 어느새 세 번이나 굴렀다. 이런 재미를 느껴본 적이 언제인가 싶었다. 몸과 마음이 모두 즐거웠다. 뭐 그리 대단한 성공이라고. 사실 대부분 사람은 수련 첫날부터 애쓰지 않고 해내는 움직임이다. 남들이 알아줄 만큼 대단하지도 않고 자극적이지도 않은 일에 소소한 성공으로 즐겁다. 내가 행복한 것 같다. 막막했던 마음에 불이 하나 켜졌다. 안개 낀 밤바다에 등댓불이 밝혀진 것처럼 환해졌다.

'앞구르기 하나만으로 이렇게 기쁘구나. 만약에 내가 다른 움직임들도 해낼 수 있다면….'

가진 것 없어도 보기만 해도 흐뭇한 이런 광경을 보고 강태공들은 물 반 고기 반이라고 하려나. 앞구르기를 낚았으니 이제는 뒤구르기, 옆구르기를 낚으면 되겠다.

앞구르기 성공 후 뒤구르기와 옆구르기는 어떻게 됐느냐고? 제대로 해내는 데는 꽤 시간이 걸렸다. 뒤구르기를 뒤구르기답게 한 것은 수련 시작 후 일 년이 지난 후였다. 옆구르기가 괜찮다 싶어지는 데는 그로부터 또 일 년 정도가 더 걸렸다. 뒤구르기와 옆구르기는 수련 첫날까지 구경도 못 해본 동작이었다.

"뒤구르기!"

누군가의 구령과 함께 사람들이 세 줄을 맞추어 뒤로 굴러가던 장면, 그때의 당황스러움이 아직도 생생하다. 목을 한쪽으로 비틀어 꺾어 어깨를 땅에 대고 뒤로 구르는 모습이 마치 일본 공포영화 〈링〉에서 머리를 풀어 헤치고 관절을 마음대로 꺾어대는 귀신 사다코를 연상시켜서 '헉' 하고 입이 벌어졌다. 저렇게 굴러도 목이 다치지 않을 수 있다는 것을 그날 처음 알게 되었다.

그 후로 구르다가 힘을 너무 실어서 어깨가 삐끗하기도 하고, 구르는 속도를 조절 못 해 앞사람을 들이받기도 하고, 폼 안 나게 벌러덩 자빠지기도 하면서 차츰 땅바닥에 몸을 굴리는 재미를 알아갔다. 잘 구르는 수련생일수록 힘을 빼고 굴렀는데, 그렇게 되기까지 시간이 오래 걸렸다. 자연스럽게 몸이 휘어져 땅으로 떨어지는 힘을 이용하면 힘을 싣지 않아도 저절로 구르기가 됐다. 구르기가 시작되면 힘을 빼야 했다. 굴러가는 흐름에 몸을 맡겨야 했다. 이게 맞나 싶어 몸에 힘을 주면 나아가지 못했다.

'더 나은 방법이 있지 않겠어', '이러다 다치는 거 아닌가' 싶어 머뭇거리면 다시 멈춰서기만 했다. 힘을 빼는 것이 요령이라는 것을 알게 되자 앞구르기가 쉬워졌다. 시작만 했을 뿐인데 앞으로 나아가는 힘이 생겼다. 관성이었다. 작은 동작을 했을 뿐인데 돕는 힘이 생겼다.

　한 번 구르고 나면 몸이 따뜻해졌다. 그 힘으로 또 한 번 머리를 숙이고 앞으로 구르면 한 바퀴를 더 구를 수 있었다. 그렇게 한 바퀴씩 구르는 것이 내 일상의 루틴을 되찾게 할 줄 그때는 몰랐다. 한 바퀴씩 구르기 시작하자 앞구르기, 뒤구르기, 옆구르기, 구르기 3종 세트가 몸에 익어갔다. 관심, 몰입, 열정, 성취. 앞으로 뒤로 흔들흔들 몸을 굴리자 내 안에 사라졌다고 믿었던 것들이 깨어났다.

스파링
3

어떻게
힘을 쓰면 되는지
알았습니다

열 손가락
움켜쥐기

수업이 끝나자 몇몇 학생들이 사범님 주위에 모여 앉는다. 나도 한자리 차지하고 앉았다. 새하얀 벨트에 테이핑 하나 없다. 벨트에 테이핑이 하나씩 감길 때마다 그랄이 올라간다. 어미 닭 옆의 병아리처럼 옹기종기 모여 앉은 수련생은 다들 흰 띠 무그랄. 때 타지 않은 새하얀 벨트를 맨 같은 처지의 수련생들과 함께 있으니 한결 편하다.

"가드패스 하는 것 좀 알려드릴게요."

가드패스는 상대가 다리로 방어하는 것을 뚫어내는 것이다. 권투를 비유로 들자면 상대 복서의 두 손이 비어 있는 틈을 포착해서 내 주먹을 꽂아 넣는 것과 비슷하다. 가드패스는 상대를 이기기 위해 상대 영역으로 들어가는 시작이다.

사범님이 초보자 학생들에게 특별지도를 해주려는 모양이었다. 주위를 둘러보니 다들 눈이 초롱초롱하다. 뭐든 알려주기만 하면 잘해보고 싶다는 표정이었다. 사범님이 매트 위에 등을 대고 눕더니 두 다리를 번쩍 들어 올렸다.

"자, 이게 가드예요."

사범님이 번쩍 들어 올린 자신의 다리를 가리키며 말했다. 사범님 표정에는 어떤 긴장감도 느껴지지 않는다. 발레리나가 두 팔을 높게 쳐든 자세에서도 부드러운 미소를 짓는 것과 비슷하다고 할까? 벽에 기대어 팔짱을 끼고 말할 때도 저런 표정이겠다 싶은 얼굴로 사범님은 말을 이어갔다.

"이걸 치우려면 어떻게 해야 하겠어요? 자, 이쪽으로 한번 나와 보세요."

제일 앞자리에 앉아 있던 수련생이 엉거주춤 일어나 앞으로 나갔다.

"자, 제 가드를 뚫고 제 머리 쪽으로 올라와 보세요."

앞에 나간 수련생이 사범님 다리를 잡고서는 밀었다가

당겼다가 몇 번 해보는데 다리가 꿈쩍도 하지 않았다. 무쇠로 만든 다리인가? 사범님 다리를 붙잡고 있는 수련생은 1분도 채 되지 않아 얼굴이 벌겋게 달아올랐다. 헤라클래스 같은 힘이라도 솟아야 하나? 나도 모르게 수련생을 응원하게 되었다.

사범님은 이제 되었다며 천천히 일어서며 입을 뗐다. 시범을 보여주려는 모양이었다.

"아무리 밀어도 안 밀리죠. 팔로 다리를 이기기는 누구나 어려워요. 힘으로 하는 게 아니에요."

이번에는 시범을 도와주던 수련생이 등을 대고 다리를 들어올렸다. 사범님은 들어올려진 수련생 다리를 두 손으로 꽉 잡더니 몸통 옆으로 빠른 스텝을 밟으며 앞으로 나갔다. 어느새 사범님은 수련생 몸통 뒤에 반쯤 올라타 있었다. 사범님 무릎에 깔린 수련생은 아까 서서 사범님 다리를 잡아당길 때보다 얼굴이 더 벌게졌다.

"우와!"

흰 띠 무그랄들이 일제히 환호성을 지르며 박수를 쳤다. 간단한 움직임만으로 체육관 한구석이 경이로움으로 넘실거렸다. 아름다운 팔 동작만으로는 왈츠라 하지 않고 스텝이 어우러져야 비로소 왈츠라 하지 않는가. 상대 다리를 단단히 잡아놓는 두 팔과 함께 빠르고 정확한 두세 걸음이 더해지자 상대가 순식간에 제압됐다. 아, 이게 뭐지? 이기기 힘들 것 같은 상황에서 이기게 된다니. 별로 힘도 안 들이는 것 같은데. 이게 주짓수인가?

"우선 상대 다리를 잘 잡아둬야 해요. 바지 도복을 이렇게 움켜잡아보세요."

사범님은 누워 있는 수련생의 무릎 아래 도복 자락을 움켜잡았다. 나도 허공에 대고 잡는 시늉을 해보았다. 두 주먹을 꽉 움켜쥐자 손가락 끝에 힘이 들어가 아무 다짐이라도 하고 싶었다. 힘없이 축 처진 손끝에 힘이 주어지는 것 같았다. 몇 날 며칠을 죽은 것처럼 누워 있던 사람도 몸이 깨어날 때 보면 손끝부터 살아나지 않는가.

프랑스 초현실주의 시인 폴 엘뤼아르(1895~1952)의 시 〈그리고 미소를〉에는 "슬픔의 끝에 열려 있는 창 (…) 내미는 손, 열려 있는 손, 함께 나누어야 할 삶"이라는 구절이 있다. 우울의 터널 끝을 빠져나오려면 누군가의 손이 필요할지도 모르겠다. 그리고 그 손을 잡으려면 내가 먼저 손을 내밀어야 할지도.

공황발작과 구토 증상이 심해져 상담실을 찾아온 B는 유난히 손이 작고 손가락이 가늘었다. 상담실에 처음 찾아온 날, B를 보고 많이 걱정이 됐다. 공황발작과 구토는 최근 들어 갑자기 나타난 것이라 해도, 성격 문제가 만성적이고 가족이나 친구 관계를 확인해보니 어려움을 겪고 있는 B를 도와줄 사람이 마땅치 않았다.

분명히 오래 치료를 받아야 할 것 같은데 상담료를 계속 낼 형편이 안 되어 보였다. 상담자가 너무 도와주고 싶은 마음이 오히려 상담을 망칠 수 있는데, 유독 B에게는 마음이 갔다.

내세울 학벌도, 스펙도 없는 B에게는 남이 갖지 못한 능력이 있었다. 바로 자기 마음을 잘 알고 표현할 줄 아는 능력이었다. 선천적인 재능이구나 싶었다. 나는 첫 번째 만남에서 그 능력을 알아보았고, 두 번째 만남에서 그것을 전달했다. B는 자기를 알아봐 주어서 고맙다고 했고 그 회기에서 많이 울었다.

상담이 끝나고 B는 당황스러운 부탁을 했다. 자기를 한 번만 안아달라고 하는 거다. 한 시간은 족히 걸려야 집으로 돌아가는데 어떻게 돌아가야 할지 모르겠다며 울먹거렸다.

늦은 저녁, 밖에는 비가 쏟아지듯 내리고 있었다. 상담자와 내담자 사이에서는 악수 같은 신체접촉도 하지 않는 것을 원칙으로 하고 있는 나는 머뭇거렸다. 상담자와 내담자 사이에서 신체접촉은 치료에 큰 변수로 작용한다. 원칙을 어겨본 적이 없는 나로서는 내담자의 말이 당황스러웠다.

무엇이 내담자를 위한 것일까? 거절하는 편이 내 입장에서는 안전하다. 이론과 원칙을 지키는 것만큼 상담자와 내담자에게 안전한 것이 없다. 안아달라는 내담자의 말을 분석하고 전문가적 거리를 두는 것이 성격 문제 해결을 위해서는 훨씬 더 적절한 개입이다.

B는 자신의 성격을 고치고 싶을까? 아니면 지금 여기에서 느껴지는 고통에서 잠시라도 벗어나고 싶을까?

그 마음을 이해하고 싶었고 B에게 유익한 것이 무엇일지 고민했다. B의 요청은 내담자가 상담자를 조정하려는 무의식적 테스트라기보다는, 자기가 할 수 있는 모든 것을 동원해 자신의 고통을 전달하려는 절실함으로 보였다. 그 절실함을 원리원칙을 지키겠다며 내치는 것보다는 들어주는 것이 맞겠다 싶었다.

다음 회기에 포옹에 대해서 이야기해보기로 하고 오늘

오들 떨고 있는 B를 안아주었다. 작은 등 위에 손을 얹어 토닥토닥 두드려주니 가느다란 B의 손가락 끝에서도 힘이 느껴졌다. 안도감이 밀려왔다. 성격 문제는 못 고치겠지만 조금이라도 편안하게 집에 돌아갔으면 하는 마음이 전달되기를 바랐다.

그렇게 집으로 돌아간 B는 다음 회기에서 약이 필요한 것 같다는 내 말을 듣자마자 병원에 가서 약을 처방받았고 놀랄 만큼 빠르게 건강해져서는 열 번도 되지 않아 상담을 마무리했다.

우울은 힘을 빼앗아간다. 우울에 찌들어 연명하는 생명은 손가락, 발가락 끝까지 힘이 뻗어가지 못한다. 심장을 뛰게 하기도 벅차다. 손끝이 야물던 사람도 설거지를 하면 접시를 깨 먹고 장바구니를 떨어뜨린다. 툭하면 여기저기 부딪히고 물건을 떨어뜨린다.

그런데 도복 깃을 꽉 잡고 놓지 말아야겠다는 생각이 드니 손끝에 힘이 들어갔다. 아기들이 잼잼하며 손가락을 쥐었다 폈다 하듯 손가락에 힘을 줘본다. 열 손가락을 꽉 움켜쥐는 것으로 가드패스, 공격 수련이 시작됐다.

아무리 밀어도
밀리지 않는 구조를 만들다

마음이든 몸이든 외부의 충격에서 잘 버티려면 튼튼한 구조가 필요하다. 아무리 밀어도 안 밀리는 구조 말이다.

얼굴이 얼얼해질 만큼 차가운 바람이 부는 겨울밤이었다. 영국에서 정신분석을 공부하고 온 S박사의 세미나를 신청했다. 8주 동안 프로이트 원서를 읽으며 토론하는데, 자신을 내과 의사라고 소개한 세미나 참가자가 열띤 주장을 시작했다.

"조현병은 유전적 요인이 강해야 걸리죠. 아무리 힘든 일을 겪어도 견딜 사람은 견디잖아요. 조현병에 걸리는 성격 구조는 아예 다른 것 아닙니까?"

성격 구조란 마음을 지탱하는 틀이다. 눈에 보이지 않지만, 사람의 말과 행동에서 드러나는 특성을 보고 이름을 붙인다. 자기애성 성격 구조, 히스테리성 성격 구조, 우울성 성격 구조라고. 자기밖에 모르고, 대책 없이 우울하고, 시도 때도 없이 불안한 모습은 바로 이 성격 구조에서 나온다. 성격 구조는 핵심 욕구가 만든다. 인정받고 싶고 특별하고 싶은 마음. 강렬하고 이글거리는 핵심 욕구는 한번 만들어지면 잘 바뀌지 않는다.

내과 의사는 말을 계속 이어갔다.

"정신증에 걸리는 사람은 성격 구조가 아예 다르다고 생각합니다."

정신질환은 크게 정신증과 신경증으로 나눈다. 조현병은 정신증을 대표하는 질환이다. 우울증이나 불안증은 신경증에 속한다. 정신증이 신경증보다 더 심각한 질환이고 치료도 어렵다.

강사인 S박사는 잠자코 한참을 듣더니 본인 생각은 다르다는 의견을 내놓았다. 정신증 유전요인이 없어도 정신증이 생길 수 있다고 했다. 큰 충격을 받으면 건강한 구조도 무너져내릴 수 있다는 입장이었다. 부드럽지만 단호해

보였다. 그렇게 둘은 한참 동안 팽팽하게 의견을 나눴다. 나는 그들의 논쟁이 그다지 흥미롭지 않아 집중이 되질 않았다.

귀에 딱지가 앉을 것 같은 '구조'에 대한 이야기를 얼마전 체육관에서 들은 기억이 떠올랐다. 수련을 시작한 지한 달이 되어가는 수업 시간에서였다.

"자, 오늘은 몸으로 버티는 걸 배워볼게요."

사람들이 둘씩 짝을 짓자 사범님이 동작을 설명했다.

"한 명은 바닥에 옆으로 기대어 눕고, 다른 한 명은 누워 있는 분을 힘껏 밀어보세요. 누워 있는 분들은 밀리지 말고 버텨보세요."

한 명이 팔베개를 한 것처럼 자기 팔에 기대어 바닥에 옆으로 누우면, 다른 한 명이 상대를 두 팔로 힘껏 밀어서 등을 바닥에 닿게 해야 한다. 두 팔에 힘을 주어 세게 밀어내니 모로 세워놓은 몸통이 힘없이 넘어갔다. 바닥 가까이 기대어 있는 사람을 굴려 땅에 닿게 하기는 무척 쉬웠다.

"이번에는 누워 있는 분들 자세를 바꿔보겠습니다."

상대는 여전히 같은 자세로 옆으로 누워 있지만, 이번에는 베고 있는 팔의 반대 팔과 한 다리를 바닥에 고정하고 몸통에 힘을 준다. 몸통과 팔과 다리가 땅을 디디고 있는 모습이 카메라 삼각대처럼 삼각형이 되었다.

조립식 카메라 삼각대를 산 적이 있다. 가운데 커다란 나사를 중심으로 세 개의 다리를 하나씩 연결하자 삼각대가 완성되었다. 그렇게 만들어진 삼각대를 반듯하게 세우려면 삼각대 다리가 삼각형이 되도록 만든다. 균형점이 잘 맞춰진 삼각대는 무거운 카메라를 받힐 수 있다. 균형점이 잘 맞춰진 몸은 쉽게 밀리지 않는다.

"초등학생이어도 밀어낼 수 없을 거예요. 균형을 잘 맞추면 버틸 수 있어요. 구조를 만드는 것이 중요해요. 주짓수의 힘은 구조에서 나와요."

아까와 비슷한 힘으로 버티고 있는 상대가 넘어가지 않았다.

'이런 거라면 해볼 만하겠는데.'

격투기를 배운다고 시작했지만 내심 걱정이었다. 아무리 연습을 해도 내가 원더우먼같이 갑자기 힘이 세질 리도 없고, 이러다 몇 달 하고 그만두는 것 아닐까 하는 생각이 들던 참이었다. 그런데 이런 거라면 해볼 만하겠다 싶었다. 구조로 만드는 힘이라면. 초등학생도 제대로 구조를 만들기만 하면 된다지 않는가.

무엇보다 몸이 만들어내는 구조는 눈으로 확인할 수 있다. 우울성 성격 구조, 자기애성 성격 구조, 히스테리성 성격 구조처럼 눈에 보이지도 만져지지도 않는 구조를 배우며 느꼈던 답답함을 느끼지 않아도 된다.

게다가 몸의 구조는 내 힘으로 만들 수 있다. 자신이 자라온 환경과 선택할 수 없었던 양육자와 이리저리 얽혀 있는 마음의 구조와는 다르다. 눈으로 보고 확인할 수 있는 구조라니 얼마나 명쾌한가.

우울로 휘청거리고 있는 나의 성격 구조를 볼 수 있다면 어떤 모양일까? 이리 밀면 이리 밀리고, 저리 밀면 저리 밀리며 흔들리겠지. 어느 한쪽은 이미 벌써 무너져내려 있을지도 모른다. 입에 침을 튀기며 열변을 토하는 내과 의사의 말처럼 원래 내 성격 구조가 약해서인지, 세미나 강사의 말처럼 큰 충격을 받아서 그런지는 모르겠다. 이유를 따져보는 것은 상담실에서 하자.

몸과 마음은 연결되어 있다 하지 않는가. 몸의 구조를

튼튼하게 만드는 법을 알게 된다면 혹시 아나. 마음의 구조도 튼튼해질지. 그렇게 아무리 밀어도 밀리지 않는 몸의 구조 배우기에 집중했다.

그저
버티는 수밖에 없어

첫눈에 반하기보다 어려운 것이 그 마음을 이어가는 것이다. 반할 구석이 많은 매력적인 주짓수의 첫인상 뒤에는 버티고 참아내야 하는 구석도 있었다. 수업 시간 내내 몸을 밀착하며 수련하는 운동이다 보니, 남녀를 불문하고 같이 운동하는 사람이 불편하면 마음이 영 편치 않다.

　나이가 비슷하고 성별이 같으면 친해지기가 편했겠지만, '마흔둘'이라는 나이와 '여자'라는 성별은 체육관 적응에 수월한 조합이 아니었다. 사십 대 수련생은 꽤 있어도 그중에 여자는 없고, 여자 수련생은 많아도 그중에 사십 대는 거의 없었다. 마흔 넘은 아저씨 동료들과 서슴없이 대하기도 어렵고, 10년 넘게 차이 나는 동생들에게 먼저 다가가기도 쉽지 않았다. 어색함으로 쭈뼛거리다 보면 '어? 나한테 텃세를 부리나?' 하고 오해하는 순간이 비일비재하게 생겼다. 어린 시절, 피구 경기가 시작되면 꽁지로 물러나던 것처럼 슬금슬금 뒷걸음질하고 싶어졌다.

그렇게 체육관 적응에 고전하고 있을 때였다. 같이 일하던 동료 상담사에게서 연락이 왔다.

"선생님, 요즘도 주짓수 해요?"

"네, 아직 하고 있어요."

얼마 전 서로 안부를 묻는 통화를 하며 운동하면서 지내고 있다는 말을 한 적이 있었다. 이야기를 더 들어보니 내담자 중에 성격을 고쳐보려고 운동을 시작한 학생이 있는데, 체육관에 적응하기 어려워하더라는 것이었다.

"그 운동 적응하기가 어려워요?"

"음, 그럴 수도 있어요."

무엇이든 해보려고 하는 학생이 기특하지만 어려운 장소를 택했다 싶었다. 격투기에 전혀 관심 없던 사람이 성격 개조라는 목적만으로 체육관에 등록했다면 수련은 고행이 되기 쉽다. 주짓수 동작은 낯선 움직임이 많다. 골반을 많이 쓰고, 몸을 거꾸로 세워 어깨로 구르는 움직임이 코믹해 보일 수도 있다. 기본 동작을 배우면서 키득키득 웃기도 하고 동료들과 깔깔거리기도 한다. 그래서 연예인들이 TV 예능프로그램에서 이 운동을 따라 하는 건지도 모르겠다. 이런 낯선 움직임은 운동신경이 평균 이하인 사람이라면 적응하는 데 시간이 꽤 걸린다.

낯선 움직임에 적응하는 것보다 어려운 것이 낯선 사람들과 익숙해지는 것이다. 사범님이 초보자에게 따로 시간을 내어 알려주고 선배가 신경 써서 챙겨주기도 하지만, 자신의 한계를 넘어서고 싶어 낯선 체육관에 찾아갔다면 그곳에 있는 사람들과 '다 같이 잘 지내기' 같은 목표는 달성하기 어려운 목표다.

"조금 더 버텨보라고 하면 어떨까요? 대신 힘은 많이 빼고요. 사람들과 너무 잘 지내려고 애쓰지 말고, 연습하고 싶은 기술을 정해서 기술에 익숙해져 보라고 하세요."

내 문제 해결은 어려워도 남 문제를 해결하려면 답이 술술 나온다. 하긴 다른 방법이 무엇이 있겠는가. 첫눈에 반한 마음을 지키려면 욕심을 내려놓고 버티는 수밖에 없다. 나도 그렇게 하기로 했다.

위기의 순간에는
창과 방패를 모두 쓴다

가드는 창이고 동시에 방패이다.

— 존 프랭클

권투는 두 팔로, 주짓수는 두 다리로 가드를 만든다. 가드는 창이고 동시에 방패이다. 권투선수가 두 팔로 해내는 것처럼, 주짓수 선수는 두 팔은 물론 두 다리를 써서 공격과 방어를 동시에 해낸다.

5분짜리 스파링이 시작됐다. 다리로 상대를 밀어내며 견제하려 했지만 실패했다. 상대는 중2 여학생. 딸 아이 또래의 수련생이 악이 받힌 듯 밀어붙인다. 중2가 스트레스가 많기는 할 테지만, 내가 엄마로 보여선 안 되지!

'어어…' 하고 망설이는 사이, 옆으로 벌러덩 넘어졌다. 압박을 풀어내지 못하고 깔려서 버둥대다 5분이 다 흘렀다. 어깨에 힘이 풀려 축 늘어졌다. 옆자리에 있는 퍼플 벨트 선배에게 말을 걸다 한숨이 쏟아져나왔다.

"휴, 가드가 너무 쉽게 무너져요."

클로즈드 가드에 칼라초크가 장기인 선배는 그럴 줄 알았다는 듯 대답했다.

"손이 놀던데요? 손을 좀 써요. 가드할 때는 상대를 딱 잡아야지. 딱, 딱."

선배는 한 손으로는 목깃을, 한 손으로는 소매 깃을 턱턱 잡는 시늉을 했다. 왜 손을 안 쓰냐고 묻는데 할 말이 없었다.

"음, 무서워서? 깔릴까 봐 무서워서?"

"아이고. 제발 그렇게 좀 하지 말아요. 묻지도 따지지도 말고 손을 쓰라고요, 손을. 손으로 딱 잡아뒀으면 이제 다리도 써야지요."

위기의 순간에는 쓸 수 있는 모든 것을 써야 한다. 없는 것도 만들어 써야 할 때 그러지 못하는 안타까운 경우가 돼서는 안 된다. 우울하다고 힘들다고 손을 놓고 있을 때가 아니다. 상담사가 되지 못한다고 넋을 잃고 신세 한탄을 할 때도 아니다. 어떻게든 정신을 차리고 할 수 있는 것을 해야 한다. 쳐다보기도 싫은 구인공고를 보자면 너무 싫어서 어금니에 힘이 들어갔다.

지원해볼 만한 공고가 보였다. 상담전공자 중에서 상담 사업을 운영하는 사원을 뽑는 공고였다. '나이가 많은데 되겠어?', '애 엄마라고 안 뽑아주는 거 아니야?' 걱정에 갇히면 아무것도 못 하겠다 싶었다.

외국계 기업의 사무경력, 회계 법인에서의 회계사 경력, 몇 달간 벤처회사에서 했던 기업투자 업무경력까지 탈탈 털어서 이력서에 쏟아부었다. 열심히 살아온 나의 과거와 포기하지 않는 현재의 나를 믿기로 하고 취직하고 싶은 회사에 원서를 냈다. 간절함이 통한 것일까? 남들은 명퇴의 칼날을 맞기 시작한다는 마흔이 넘어서 정규직 직원이 되었다.

위기를 이겨내고 위기가 닥치기 전보다 더 강해진 사람들이 있다. 이 사람들을 보고 외상 후 성장을 이루었다고 한다. 어떤 사람들은 위기의 순간에 손도 제대로 못 써보고 무너지고, 어떤 사람들은 위기를 겪고 더 강해진다. 위기의 순간, 스트레스가 극도로 치달을 때 어떻게 하면 온 힘을 다해서 싸워서 위기를 넘길 수 있을까?

사람들이 스트레스 상황에 반응하는 모습을 연구한 라저러스Lazarus와 포크만Folkman의 스트레스 대처 모델에 따르면, 스트레스를 받은 사람들은 두 가지 다른 방식으로 스트레스를 해결하려 한다. 하나는 적극적 대처방식이고, 다른 하나는 소극적 대처방식이다.

적극적 대처방식을 쓰는 사람들은 스트레스의 원인이 되는 문제를 해결하려고 한다. 문제를 해결하는 데 주위의 도움이 필요하다면 도움을 청하고, 도움이 될 수 있는 것이라면 시도하기를 주저하지 않는다. 반면 소극적 대처방식을 쓰는 사람들은 스트레스가 해결된 것을 상상만 하거나, 자신의 힘든 감정에 집중한다.

스트레스에 처하면 소극적 대처방식이 아닌 적극적 대처방식을 써야 한다. 그래야 위기의 순간에서 빠져나올 수 있다. 위기를 기회로 만들어 외상 후 성장을 이루어낸 사람들은, 할 수 있는 것을 다 해본 사람들이다.

독수리와 같은 맹금류에게 쫓기던 짐승은 최후의 순간에 등을 대고 싸운다. 바닥에 등을 대고서 공중에서 공격하는 독수리를 네 발로 차내며 싸운다. 사람도 마찬가지다. 더는 도망칠 수 없을 때, 크고 강한 상대에게 밀려 쓰러지면 등을 대고 다리로 차내며 싸운다. 서서 싸우다 무너지고 앉아서 싸우다 무너지면 등을 대고 싸운다. 크고 강한 상대를 앞에 두고 발을 걸어차며 싸우는 싸움은 최후의 순간에 벌어지는 전투다. 생사를 넘나드는 비장함으로 싸우는 싸움이 가드로 하는 싸움이다. 주짓수 수련자들은 마지막 전투를 배우는 셈이다.

위기의 순간에서 살아남으려면 창과 방패를 모두 써야 한다. 겁이 나거나 슬픔에 차올라 꼼짝하지 못할 때도 있다. 그럴 때는 움직이지 말고 안전한 곳으로 물러서거나 숨어서 기회를 엿보아야 한다. 하지만 더는 물러설 수 없겠다 싶어진다면, 두 팔과 두 다리 어느 하나도 쉬어서는 안 된다.

어떤 상황에서도
호흡을 이어가라

호흡을 통제하면 자신을 통제할 수 있다.

— 힉슨 그레이시

마음이 흔들리면 호흡이 흔들린다. 거칠어진 들숨과 날숨이 반복되면 몸은 점점 힘을 잃는다. 하지만 어떤 상황이라도 호흡을 유지하면 살아남을 수 있다.

주짓수 창시자 엘리오 그레이시의 세 번째 아들인 힉슨 그레이시는 가문에서 가장 강하다고 알려져 있다. UFC 토너먼트 우승자 호이스 그레이시의 형이기도 하다. 힉슨은 아버지 엘리오로부터 최고로 강한 몸과 마음을 가진 아들이라고 인정받았는데, 힉슨이 강조하는 것은 '호흡'이다. 그는 호흡으로 마음을 통제할 수 있다고 믿는다. 규칙적인 명상호흡으로 마음을 통제할 수 있으며, 경기 중에도 호흡으로 더 강해질 수 있다고 한다.

오늘 스파링은 실전 경기를 치르는 것 같았다. 상대 무릎 사이에 내 머리가 끼었다. 움직일 때마다 도복에 얼굴이 쓸려 따갑고 숨이 막혔다. 내 목에 올라탄 파트너는 트라이앵글 초크를 하려는 모양이었다.

'헉… 헉….'

숨이 가빴다. 시야가 가려지자 가슴이 콩닥거리기 시작했다. 상대 허벅지가 내 목을 조르겠구나 싶으니 심장 박동 소리가 점점 커졌다. 체육관 스파링이야 탭을 치면 풀려나는데 뭐가 겁나냐고 할지도 모르겠지만, 목에 압력이 느껴지면 불안해진다.

허벅지가 턱밑을 파고드는 순간, 오른팔을 목 앞으로 얼른 끼워 넣었다. 아슬아슬했다. 나보다 10kg은 족히 더 나가는 파트너는 제대로 힘을 실었다. 오른팔로 목을 감싸고 압박을 버텼다. 호흡이 점점 빨라졌다. 가슴 위에 아기코

끼리 한 마리가 얹혀져 있는 것 같았다. 얼굴과 가슴 쪽으로 피가 쏠리고, 머리카락 사이에서 땀이 솟았다. 손바닥으로 상대 어깨를 툭툭 치며 항복하면 이 압박은 바로 사라질 텐데.

가슴을 무겁게 누르는 압박은 공격기술로 쓰인다. 조르기와 꺾기가 주된 공격기술이지만 압박만으로도 상대를 항복시킬 수 있다.

'탭을 칠까?'

상대 체중과 지구 중력이 컬래버레이션으로 만들어내는 압력이 어마어마했다. 다 마신 주스 팩이 짜부라지듯 쇄골뼈와 갈비뼈가 쪼그라드는 느낌이었다.

"아직 아니에요! 아직! 살아남아야지!"

스파링을 지켜보던 사범님이 크게 외친다. 예전 같으면 탭을 열 번은 치고도 남았을 상황이지만 사범님의 말을 믿고 조금 더 버텼다. 주짓수는 살아남는 거니까. 상체가 깔리면 얼굴에 힘이 들어간다. 이러다가 진짜 얼굴이 터지겠다 싶은 순간 스파링이 아슬아슬 끝났다. 상대 허벅지 사이에 낀 내 머리는 끝까지 빼지 못했다.

이렇게 격렬한 스파링을 하고 나면 꼴이 말이 아니다.

머리를 묶었던 고무줄은 벌써 어디론가 날아가고 없다. 조선시대 상투 잘린 선비도, 형을 집행하는 망나니도 형님하고 울고 갈 봉두난발. 땀에 젖은 머리카락이 제멋대로 얼굴에 엉겨 붙었다. 그게 무슨 대수인가. 숨을 이렇게 마음껏 쉴 수 있는데. 어깨도 같이 들썩이며 숨 쉬는 모습이 땡볕에 혀를 늘어뜨린 강아지 같았다.

"숨을 쉬어야죠, 숨을. 호흡을 길게 내뱉어보세요."

숨을 헐떡이고 있는 나에게 선배가 한마디 했다.

"아까 깔렸을 때요. 그때도 숨을 쉬어야 해요. 어떤 상황에서도 호흡해야죠."

사람은 공포를 경험하면 얼어붙는다. 연습이기는 하지만 장정이 내 몸 위에 올라타서 목을 조르는 경험은 분명히 공포로 다가온다. 귀신의 집에 있는 귀신들이 가짜인 줄 알면서도 그 안에 들어가면 식은땀이 나고 오금이 저리는 것과 비슷하다.

심장이 빨리 뛰는 것은 위기상황을 알리는 반사 반응이지만, 그 상태가 오래 지속되면 몸이 버텨내지 못한다. 위기상황에서 오래 버티려면 호흡을 되찾아야 한다. 빨라진

심장 박동을 직접 조절하지는 못하지만, 호흡을 통하면 간접적으로 조절할 수 있다. 천천히 들이쉬고 내쉬는 호흡에 쿵쾅거리던 심장 박동이 제 박자를 찾는다.

우울이나 불안으로 고생하는 사람들이 두려워하는 것 중 하나가 흉통이다. 스트레스 호르몬으로 근육이 수축이 되거나 심장으로 가는 혈류량이 줄어들어 나타나는 증상이다. 가슴이 찌릿하거나 답답하기도 하고 숨이 막히기도 한다. 흉통은 내가 겪은 여러 가지 우울 증상 가운데 가장 고통스러운 것이었다. 무기력감, 피로감, 흥미 저하 같은 증상은 병을 오래 앓으면서 익숙해지는데, 흉통은 찾아올 때마다 견디기 어려웠다. 내가 아프다는 것을 잊고 살다가도 흉통 증상이 나타나면 환자라는 것을 인정할 수밖에 없었다.

흉통이 심한 사람은 '심장에 총을 맞은 것 같다'라거나 '창이 심장을 관통한 것 같다'라고 표현하곤 한다. 내 경우에는 심장이 조각조각 잘려 나가는 것 같은 기분이었다. 사람에게 유독 심하게 실망하거나, 믿었던 사람을 더는 믿을 수 없겠다는 확신이 들거나, 사람에 대한 상실감을 겪을 때 더 심해졌다.

흉통이 찾아오면 호흡이 짧아졌다. 그러면 침대에 모로 누워 심호흡을 했다. 심장 근육은 내가 어쩔 수 없지만, 호흡만큼은 내 마음대로 할 수 있다지 않은가. 폭신한 쿠션을 안고 숨을 천천히 들이마셨다가 천천히 내쉬었다. 한 번, 두 번, 호흡이 들고 나면 오히려 통증이 또렷이 느껴지기도 했다. 서러움이 밀려와 눈물이 주르륵 흐를 때도 있었다. 그럴 때마다 이런 생각을 했다.

> 나를 아프게 하지 말자. 강한 척하지 말자. 해야 하는 것을 제대로 못 하고 있지만 나를 비난하지 말자. 좋아하는 사람들을 만나자. 좋아하는 것을 해보자.

이렇게 나를 위로하며 심장이 잘려 나가는 고통을 겪고 있는 나를 인정해주었다. 그러고 있으면 내가 좋아하는 사람들과 좋아하는 것들이 떠올랐다. 우울하다고 하면 걱정 가득한 얼굴을 하고 초콜릿 케이크를 사 오는 친구, 꿈에 내가 나왔다며 별일 없냐고 안부를 묻는 선배, 세상에서 엄마가 제일 좋다는 딸아이, 그리고 주짓수.

통증이 사라지지는 않아도 좋아하는 것을 생각하고 나면 호흡이 제 박자를 찾았다. 호흡을 유지하라는 것은 흔들리지 말라는 뜻이 아니었다. 살아 있으면 놀라고 화나고 겁나고 슬퍼진다. 아플 수밖에 없고 흔들릴 수밖에 없다. 호흡을 유지하라는 것은 흔들릴 때 알아차리고 다시 돌아오라는 것이다. 빨리 알아차릴수록 빨리 돌아올 수 있다. 시간이 많이 필요하다면 많이 흔들렸다는 거다. 필요한 만큼 호흡하면 제자리로 돌아오게 된다.

생각의 고리를
끊어낼 것

떠나보내지 못하는 기억, 달라질 것도 없이 반복되는 공상. 그 사이를 비집고 떠오르는 얼굴들, 하지 못한 말들과 해야 했던 말들. 생각을 만드는 또 다른 생각들.

　좀처럼 끊어지지 않는 생각의 고리가 스파링을 하다 보면 저절로 끊어졌다. 목 밑으로 파고드는 손가락, 팔을 꺾으려고 손목과 어깨를 잡아채는 손아귀, 갈비뼈를 눌러대는 다리를 피하다 보면 아무리 생각에서 벗어나지 못하는 사람도 눈앞에서 벌어지는 일에만 집중하게 된다.

　지금 여기에서 일어나고 있는 것을 있는 그대로 받아들이고 경험하는 것을 '알아차림'이라고 한다. 알아차림은

현재에만 집중하는 것이다. 과거에 목매지도 않고, 일어나지 않은 일에 초조해하지 않는다. 현재에만 집중하니 과거와 미래 때문에 힘들지 않아도 된다.

시간과 에너지를 낭비하고 몸을 상하게 하는 중독 가운데 '생각 중독'이 있다. 물론 생각 중독은 정신장애 진단 기준에 중독으로 분류되지 않는다. 하지만 그 유해성을 따져보면 충분히 중독이라는 이름을 붙일만하다. 불면증, 소화불량, 면역질환 등 생각에 중독된 사람들은 건강한 삶을 사는 데 문제가 생긴다.

'우울해 죽겠어요', '불안해서 미치겠어요' 만큼 상담실에서 많이 듣는 말이 '생각을 끊어낼 수가 없어요'이다. 아무렇게 생각 없이 사는 것만큼이나 생각의 과잉생산도 위험하다.

사람들은 왜 생각 중독에 빠지게 되는 것일까? 모든 중독의 시작에는 중독 대상으로 인한 긍정적 경험이 있다. 알코올은 긴장이 풀리는 이완감을 주고, 도박은 전율과 짜릿한 성취감을 준다. 중독은 언제나 달콤하게 시작된다.

생각에는 힘이 있다. 욕망을 현실로 만드는 밑그림을 그리고, 위기를 관리하고, 비효율을 제거한다. 생각하는 힘을 경험한 사람은 통제감을 맛본다. 다양한 경우의 수를 고려하고 해결책을 마련하니 실수가 줄어든다. 그러면서 생각은 많이 하면 할수록 좋다는 믿음이 생기게 된다. 이러한 믿음은 근거가 있으나 함정도 있다.

첫 번째 함정. 세상은 생각대로 되지 않는다. 생각의 양과 그에 대한 보상은 반드시 비례하지 않는다. 삶에는 예측할 수 없는 변수가 있어서, 아무리 치밀하고 명석한 사람이라도 추측만 할 뿐이다. 변수는 다양하고, 어떤 변수는 통제가 전혀 불가능하다.

두 번째 함정. 에너지는 제한되어 있다. 생각하는 데 에너지를 많이 쓰면 실행하거나 창의력을 발휘하는 데 쓸 에너지가 부족하다. 가우디 성당을 만들 법한 생각을 하면 뭐하나. 기초 공사는커녕 설계도도 그리지 못하는데. 그래도 써먹을 데가 있는 생각은 낫다. 원망과 증오, 자책과 수치심에서 샘솟는 생각은 폐수에 오염된 샘에서 흘러나오는 독과 같다. 오래 흐르면 주변에 있는 모든 것이 죽는다.

중독을 치료하는 방법으로 가장 좋은 것은 완전히 끊어내는 것이다. 적당하게 조절하기가 힘들기 때문에 완전히 차단하는 것이 최고의 치료법이다.

생각을 끊어내는 널리 알려진 방법으로 명상이 있다. 호흡으로 굳은 몸과 마음을 풀어내고 감각에 집중하다 보면 현재가 또렷해진다. 굳어 있는 목 근육, 높이가 다른 어깨, 들이쉬는 호흡에 올라가는 갈비뼈, 내쉬는 호흡에서 느껴지는 따뜻한 기운. 감각을 깨워 내 안과 밖에서 일어나는 현실을 또렷하게 체험하면 생각이 비워진다. 이렇게 생각의 고리를 끊어내고 충만한 현실을 만나는 것이 바로 알아차림이다.

알아차림을 경험할 수 있는 또 하나의 방법은 주짓수다. 명상이 현실의 속도보다 느린 경험 속에서 알아차림을 경험한다면, 주짓수는 현실의 속도보다 빨라진 경험 속에서 알아차림을 경험한다. 명상은 느린 호흡으로, 주짓수는 빠른 움직임으로 알아차림에 이른다. 명상은 혼자가 될 때, 주짓수는 타인을 향할 때 알아차림에 이른다. 현실의 속도를 벗어날 때 현실을 충만히 경험하는 패러독스. 그리고 오롯이 혼자이거나 또는 타인과 함께여야만 도달한다는 아이러니. 명상과 주짓수, 알아차림 사이에는 패러독스와 아이러니가 존재한다.

주짓수 스파링 상대로 제일 어려운 대상은 흰 띠 수련생이다. 흰 띠 수련생과 스파링하는 것은, 미세한 핸들 조절이나 브레이크가 안 되는 자동차와 경주하는 것과 비슷하다. 충돌도 잦고 위험하다. 흰 띠 수련생 중에서도 더 어려운 상대는 남자 수련생이다. 남자 수련생 중에는 '남자는 여자보다 힘으로 우월해야 한다'는 생각에 갇힌 사람이 있다. 우월감의 무게에 눌린 움직임에는 '죽어도 당신에게는 지기 싫어'라는 아우성이 느껴진다.

승패에 집착하며 싸우면 몸의 감각을 느끼며 움직이기가 어렵다. 상대가 생각에 갇혀 움직이면 나도 그렇게 된다. '반드시 이겨야 해'라는 생각이 떠오르면, 스파링은 알아차림의 경험이라기보다는 또 다른 생각에 갇히는 경험이 되어버린다.

알아차림을 경험하려면, 내 앞에 있는 상대와 그에 맞서는 나에게만 집중해야 한다. 내가 이길 능력이 있다면 이길 것이고 부족하다면 질 것이다. 물론 이기고 싶지만 질 수도 있다. 이렇게 유연한 생각으로 싸우고 있다면 알아차림을 경험하는 수련을 하고 있는 것이다.

생각 중독이 해롭긴 하지만 중독으로 분류되지 않는 이유는, 생각으로는 약물이나 도박만큼의 즉각적인 쾌락을 느낄 수 없기 때문이다. 모든 중독은 쾌락이라고 할 만한 좋은 느낌을 전제로 한다. 행복을 느끼게 하는 뇌 보상회로를 자극할 만한 물질이나 행동이 있어야 중독이라고 진단한다.

주짓수, 마라톤, 크로스핏과 같은 고강도 운동도 뇌 보상회로를 자극한다. 평상시 움직임보다 강도 높은 운동을 하면 통증이 생기는데, 이때 뇌는 통증을 줄이기 위해서 신경전달물질과 호르몬을 만든다. 특히 도파민이라는 물질이 행복을 느끼게 하는 뇌의 보상회로를 자극한다. 음식을 나누어 먹고 서로를 도우며 만족감을 느끼는 일상의 행복도 뇌의 보상회로를 거치기는 하지만, 고강도 운동만큼 큰 자극을 주지는 못한다.

그래서 운동에 빠지면 운동만큼 재미있는 것을 찾기 어렵다. 중독 물질이나 도박, 게임 같은 문제행동을 제외하고는 고강도 운동만큼 뇌의 보상회로를 자극하는 것이 없어서다. 주짓수 수련을 하다 보면 자신을 '주짓수 중독자'라고 인정할 만큼 운동에 빠져드는 때가 온다. 하루라도 체육관에 가지 않으면 불안하고, 다른 일에 집중하기 어려워지기도 한다. 나 역시 쉬는 날이면 친구를 만나기보다 체육관에 가는 것이 즐거워 친구와 아예 약속을 잡지 않던 때도 있었다.

하루는 수련이 끝났는데 이걸로는 부족하다는 생각이 마구 솟구쳐올랐다. 그래서 나도 모르게 마음이 새어 나와 버렸다.

"아, 일하러 가기 싫다."

이 말을 들은 관장님은 조금도 머뭇거리지 않고 말했다.

"무슨 소리예요. 열심히 일해서 돈 벌어야지. 애들 학원비 대고 체육관 회비도 내고!"

기분 나쁘지 않게 뼈 때리는 가르침을 주는 관장님 덕에 정신을 차리고 벌떡 일어났다. 주짓수 수련이 또 하나의 중독이 되지 않으려면, 자신을 관찰하고 통제할 수 있는 능력이 있어야 한다. 그리고 조언을 들을 수 있는 귀가 있어야 한다.

이불 뚫고
테크니컬 스탠드 업

사람에 치이고 일에 치이고 만사 귀찮고 힘들 때는 이불 속이 최고다. 문제는 한번 이불에 들어가면 빠져나오기가 만만치 않다는 것이다. 이불 밖 세상은 위험하고, 몸 위에 덮여 있는 이불 한 장의 무게는 이 세상 무엇보다 무겁다.

부서지라 버티는데 누구 하나 알아주지 않는다. 요령 피우고 죽는소리해가면서 손해 보지 않고 사는 사람들이 수두룩한 세상에서 곧이곧대로 뻣뻣하게 살려니 몸이 만신창이다. 마음도 몸도 아프니 서럽다. 그러다 눈을 감고 이내 생각을 바꿔본다.

'다들 이만큼은 아프지. 다들 버텨야 하는 자기 몫을 버

티고 있지 않겠어.'

이 속 터지는 이야기를 들어줄 사람이 없지는 않지만, 누구를 만나는 것도 말하는 것도 귀찮다. 직장을 그만둘 상황은 아니다. 어떻게든 버텨야 하는데 몸이 따르지 않는다. 출근만 하면 머리가 아프고 식은땀이 난다. 전국 주요 도시를 찍고 돌아다니는 빡빡한 출장 일정. 헐레벌떡 일을 마치고 집으로 돌아오면 엄마 손이 닿지 않은 아이들이 있다. 아이들을 보면 감춰뒀던 죄책감이 스멀스멀 올라온다.

"돈 벌 때가 아닌 것 같아. 아이들 금방 커요"

도우미 아주머니의 걱정스러운 목소리가 윙윙거린다.

삶의 오아시스였던 점심시간 주짓수를 하지 못한 지 4개월째. 모처럼 쉬는 날, 몸을 웅크리고 이불을 몸에 돌돌 말아본다. 누에고치 같다. 꼼짝 않고 숨죽이고 있으면 저절로 나비가 되는 누에고치. 난 저절로 나비로 변하는 누에가 아니니 어떻게든 자리를 털고 일어나야 한다.

손가락을 빼꼼히 이불 밖으로 내밀어 이불을 끌어 내려본다. 어깨에 느껴지는 썰렁한 한기에 다시 이불을 목까지 주욱 끌어올리면서 다리를 버둥거려본다. 펄럭거리는 이

불에 붙었던 먼지가 포로록 날린다. 일어나고 싶지 않아. 세상에 나가 부딪힐 마음이 없다고. 배 째라. 어쩔 건데. 자포자기의 마음으로 누워 있지만 마음은 편치 않다. 아니다. 지금 마음이 힘드니 어쩌니 할 때가 아니다. 앞으로 먹고살 궁리를 해야 한다.

'일단 자리에서 일어나야 하지 않겠어?'

이불과 한 몸이 되어 자리를 보전하고 있는 사람에게 이제 일어나야 하지 않겠냐는 말은 도움이 되지 않는다. 일어나야겠다는 다짐이 차오르면 뜯어말려도 알아서 자리에서 일어난다. 이불 속에서 나비가 되는 몽상을 하는 나에게 필요한 것은 자리를 박차고 일어나는 움직임이다. 일어나려고 꼼지락거리고 있자니 체육관에서 배운 기술이 떠올랐다. 이름하여 테크니컬 스탠드 업. 우리말로 하면 '기술적으로 일어나는 방법' 정도가 되겠다. 이 방법을 이용하면 상대와 싸우다 바닥에 쓰러져 대자로 뻗게 되어도 다시 안전하게 일어날 수 있다.

싸우다 넘어졌다는 것은 두 가지 의미가 있다. 첫 번째, 상대가 당신을 넘어트릴 정도로 강하다는 것이고 두 번째, 싸움이 끝나지 않아서 여전히 당신 앞에 상대가 있다면 위험에 처해 있다는 것이다. 테크니컬 스탠드 업은 공학적인 움직임이다. '상대방으로부터 자신을 보호하기'와 '재공격을 위한 준비'라는 목적을 만족시킬 수 있는 최적의 해결책이다.

싸움에서 이기려면 피아식별이 우선이라는데 난 무엇과 싸우고 있는가? 맥 빠진 부상병처럼 방바닥을 뒹굴고 있는 나의 적은 누구인가? 이불 밖 세상에서 만났던 사람들? 아니다. 멘탈붕괴에 의지박약인 나? 아니다. 내가 물리쳐야 하는 것은 나를 덮고 있는 이불이다. 저 이불부터 걷어내야 한다. 순식간에 말끔히 걷어내야 한다. 그렇지 않으면 또다시 그 아래에 깔려 오늘 오후를 보내게 될지도 모른다.

시체처럼 등을 대고 누워 있다가 테크니컬 스탠드 업 동작을 해보았다. 누운 상태에서 두 손바닥으로 바닥에 쾅 소리를 낸다. 바닥을 치는 소리가 마치 북소리 같은데, 왠지 들으면 힘이 난다. 바닥을 치면서 반동과 허릿심을 이용해 두 다리를 허공으로 번쩍 들어 올린다. 들어 올린 다리가 땅으로 내려올 때, 오른쪽 무릎은 세워 앉고 왼쪽 무룷만 양반다리처럼 접어놓는다. 이때 왼쪽 팔은 뒤로 뻗고 세워진 오른쪽 무릎 위에 팔 하나를 걸쳐놓으면 조선시대 대감마님이 곰방대 태우는 모습과 비슷해진다.

다리를 하늘로 들어 올려 뻗자 이불이 걷어졌다. 스파링에서 써먹던 테크니컬 스탠드 업을 이불을 걷어차는 데 써먹게 될 줄이야.

'으하하. 이거 생각보다 효과가 좋네.'

어쩐지 혼자 보기 아깝다. 다시 등을 대고 누워본다. 그리고 다시 한번 테크니컬 스탠드 업을 해본다. 이번에는 앉아 있는 자세에 머물지 않고 팔 하나와 다리 하나를 축으로 삼아 벌떡 일어나본다. 상대를 견제해야 하는 나머지 한쪽 팔은 허공에 대고 쭉 뻗는다. 싸움 상대였던 이불은 패배를 인정하는 것처럼 바닥에 나뒹굴고 있다. 내 발차기 몇 방에 힘없이 나가떨어진 이불 한 장.

'별것도 아니네.'

불리한 상황에서 방어를 알면서 몸을 일으켜내는 이 움직임은 눈 깜짝할 사이에 일어난다. 짧은 시간 안에 움직이니 잠시지만 큰 에너지가 생긴다. 이 에너지가 이불 밑에서 누에고치처럼 말려 있던 나를 구한 것이다.

"테크니컬 스탠드 업은 안전하게 효율적으로 몸을 일으켜 세우는 방법입니다."

사범님들이 테크니컬 스탠드 업을 여러 번 강조하던 게 생각났다. 배워두기를 참 잘했다. 상대 공격에 몸이 깔리는 일촉즉발의 위기를 피할 수 있는 테크니컬 스탠드 업이 나를 살렸다. 나는 그렇게 일어나 체육관으로 갔다. 시간은 없고 몸은 축축 늘어지지만 무리를 해서라도 움직여야겠다 싶었다. 체육관에 다시 돌아가는 것은 체육관에 처음 갈 때보다 더 긴장이 되었다. 내가 잘할 수 있을까?

이유는
만들어내는 거죠

기술 수업 시간에는 같은 기술을 적어도 네다섯 번 이상 시범을 보여 초보자도 따라 할 수 있게 해준다. 시범을 보고 있으면 나도 할 수 있겠다 싶은데, 막상 몸을 움직이면 생각처럼 되지 않는다. 낯선 외국어를 배울 때, 음절을 하나씩 따라는 해도 한꺼번에 이어 말하면 뒤죽박죽이 되는 것처럼 말이다.

내가 따라 하지 못하고 멀뚱거리고 있으니 선배들이 나선다. 하루는 두 명의 선배가 나섰다. 두 손을 바닥에 짚고 다리를 번갈아 차올려 움직이는 동작을 배울 때였다. 물구나무는 이번 생에서는 인연이 아니라고 굳게 믿고 있던 나는 엉거주춤 앉아 있었다. 이걸 보고 선배들이 두 손을 걷어붙였다. 한 명은 오른쪽 다리를, 다른 한 명은 왼쪽 다리를 붙잡더니 마치 줄이 달린 인형을 조정하는 것처럼 다리를 들어 올려 넘겨주었다. 고마움과 미안함이 동시에 밀려왔다. 선배에게 배우는 것을 미안해하지 말라고 하는데 나는 이게 잘 안 된다.

우울이 심해지는 날이 있다. 그런 날에는 살아서 숨 쉬고 있는 것도 미안하다. 못생겨서 죄송하다던 코미디언도 있었지만, 살아 있어 죄송한 기분이 들 때가 있다. 주위에 민폐를 끼친다 싶으면 좀 더 그렇다.

'재능도 없고 이유도 없는데 수련을 계속하는 게 맞나?'

혹시나 답을 찾을 수 있을까 해서 인터넷 검색창에 '주짓수'를 검색해봤다. 관련 글들이 우르르 쏟아졌다. 인기 많은 몇몇 격투기 카페가 눈에 띄었다. 글들을 죽 읽어 내려가는데 이런 댓글이 눈에 들어왔다.

'체육관에서 아줌마랑 스파링하면 재수 없어요.'

머리를 쾅 얻어맞은 것 같았다. 인터넷에 누군가가 써놓은 글 따위 무시해버리면 그만인데. 나에게 하는 말도 아닌데. 내가 여자라서, 나이가 많아서, 운동을 잘 못 해서 폐를 끼치면 어쩌나 하던 걱정이 '스파링하면 재수 없는 아줌마'라는 표현을 맞닥뜨리고 나니 사실로 다가왔다.

자신감이 떨어져 있던 터라 울컥하기 시작했다. 얼굴이 벌겋게 달아올랐다. 갑자기 눈물이 터져 나오는 게 당황스러워 눈을 꼭 감았다. 어떻게든 해보겠다고 이를 악물고 온몸이 멍들도록 데굴데굴 굴러도 잘도 버텼는데, 이렇게 댓글 하나에 무너지나? 사람들은 잘 참다가 사소한 것에 어처구니없이 무너진다.

여기서 이렇게 포기할 수 없었다. 계속할 이유를 찾아야 했다. 길을 잃었을 때는 처음으로 돌아가는 것이 도움이 될 때가 있다. '운동을 왜 시작했을까'를 생각해보았다. 변하고 싶었고, 강해지고 싶었고, 용감해지고 싶었다. 그리고 또 다른 이유는 없을까 생각하다 돌아가신 할아버지와 아버지가 유도를 하셨던 기억이 났다.

내가 태어나기 몇 년 전에 돌아가셔서 사진 속에서만 봤던 할아버지는 늘 유도 도복을 입고 있었다. 정통유도를 가르치는 일본 고도관이라는 곳에서 유도를 배운 할아버지는 선수로 활약했고, 광복 이후 한국에 돌아와 미군기지에서 사범을 하셨다는 것이 떠올랐다.

'할아버지 때문일지도 모르겠어.'

갑작스럽게 격투기를 시작한 것이 할아버지와 아버지에게 이어받은 유도 유전자 때문일 수도 있겠다 싶었다. 어머니가 수십 년째 보관하고 있는 할아버지의 사진과 자료를 건네받아 하나씩 들여다보았다. 그러다 오래된 신문 기사 스크랩을 하나 찾았다. 1970년 5월 27일 자, "유도의 세계화 속에 한국 사범 초청 경쟁"이란 제목의 조선일보 기사였다. 할아버지에게 배운 미군 제자들이 본국으로 돌아간 후 할아버지를 초청하려고 다투어 경쟁했다는 내용이었다.

1942년과 1943년 전 일본 유도대회 연속 우승이라는 화려한 경력을 가진 할아버지는 15년 동안 미군에서 배출한 제자가 1만 2000명이 넘고, 블랙 벨트 제자만 해도 100명이 넘는다고 했다. 일리노이주 공군기지, 노스다코타 공군기지, 마이애미대학 유도 클럽이 경쟁했는데 도미 자금으로 5,000달러를 모으기도 하고, 마이애미대학 유도 클럽은 할아버지 이름을 유도 벨트에 새기기도 하고, 클럽 이름을 할아버지 이름에서 따기도 했다는 영화 속에서나 있을 만한 이야기도 있었다.

전해 들은 이야기로, 할아버지는 마이애미대학 유도 클럽에서 유도 사범을 하려고 이민을 준비 중이었다. 친척의 장례를 치르느라 며칠간 비를 맞고 궂은일을 맡아 하다 그만 뇌졸중으로 쓰러져 유명을 달리하셨다.

할아버지는 전설의 유도 사범이었다. 할아버지에 대한 기록은 한국 유도 역사 어디에서도 확인이 되지 않는다. 오래되고 빛바랜 사진 속에는 할아버지와 함께 유도 도복을 입은 미군들이 웃고 있다. 사진 속 할아버지가 나를 보고 웃고 있는 것 같았다. 유도 체육관에서 낙법을 하면서 청년 시절을 보냈다는 이야기를 자주 하던 아버지도 생각이 났다.

유도와 주짓수는 모두 유술이라는 무술에 뿌리를 두고 있다. 내가 운동을 계속하면 할아버지와 아버지의 유술인 전통을 잇는 것이다. 어쩌면 10년 전에 돌아가신 아버지에 대한 그리움도 덜어질지 모르겠다.

아줌마와 같이 운동하기 싫은 사람에게는 유감이지만, 나는 계속 수련을 할 것이다. 두 팔을 걷어붙이고 도와주던 선배 수련생들을 생각했다. 주짓수를 하겠다고 하면 당황하면서도 누구보다 잘 가르쳐주셨을 아버지도 생각했다.

힘들어도 버티고 있는 사람에게는 이유가 필요하다. 그만둘 이유일 수도, 계속해야 하는 이유일 수도 있다. 이유는 찾으려면 찾아진다.

차근차근 지킬 것을
지켜야 이긴다

어린 시절, 문방구에서 팔던 싸구려 조립식 로봇 만들기에
열을 올린 적이 있다. 설명서에 적힌 조립순서 대로만 하
면 실패가 없는데, 설명서 읽기가 귀찮아서 되는 대로 하
다 보면 모양새가 엉성해지기에 십상이었다. 설명서에 적
힌 대로 차근차근 지킬 것을 지키면 시간은 걸려도 실패할
일이 없었다.

트라이앵글 초크도 그랬다. 이 기술은 두 다리를 상대의
목에 걸어 고정하고 압박하는데, 그 모양이 삼각형이라 트
라이앵글 초크라 부른다.

열 번도 넘게 수업을 들었지만 연결 동작이 많아서인지

실제 스파링에서 사용하기가 어려웠다. 상대 팔 하나를 가슴 쪽으로 끌어오기까지는 하는데 번번이 실패였다. 그다음 동작으로 연결해야 하는데, 로봇 조각 하나를 잃어버려 다음으로 나아가지 못하는 것처럼 이도 저도 못 하기를 수차례. 로봇 만들기 설명서처럼 트라이앵글 초크도 설명서가 있으면 좋을 텐데. 인터넷에도 주짓수 교본에도 내가 이해할 수 있는 설명을 찾을 수가 없었다. 갑갑한 사람이 우물을 판다더니, 집에 돌아와 트라이앵글 초크 기술을 종이에 써보았다.

다음은 내가 만든 트라이앵글 초크 설명서다.

1. 다리로 상대 허리를 묶어 꿇어 앉혀 클로즈드 가드를 성공시킨다.
2. 상대의 팔과 머리를 두 팔로 제압한다.
3. 상대의 골반을 밟아 자기 몸을 45° 정도 회전시킨다.
4. 제압한 팔 반대 방향에 있는 자기 다리를 공중으로 띄워 올린다. 이때 제압하지 않은 상대의 팔을 밀거나 누르면서 견제한다.
5. 띄워 올린 다리를 상대방 목에 감는다.

6. 5에서 들어 올린 다리 발목을 자신의 손으로 잡고, 나머지 손으로 뒤통수를 잡아둔다.
7. 몸의 각도를 좀 더 틀어 목 뒤에 감은 다리와 상대방 목을 평행하게 11자로 만든다.
8. 나머지 다리도 들어 올려 상대방 목에 감은 다리와 연결해 삼각형 모양으로 만든다.
9. 상대의 목에 감은 두 다리를 조여 상대방 목에 압박을 가한다.

로봇 조립 설명서처럼 번호를 매겨가며 설명을 단계로 나누었다. 머릿속에 들어 있는 동작들은 다 *끄*집어냈는데 무엇인가 빠져 있는 것 같았다. 열심히는 했는데 잘될 것 같지 않았다.

열심히 했는데 잘되지 않고 무엇인가 빠진 것 같은 느낌은 상담실에서 느끼기도 한다. 보통 내담자들은 상담이 5~10회 정도 진행되었을 때 상담의 효과를 가장 크게 느낀다. 자신이 생각지 못했던 것을 깨닫게 되거나, 감정의 카타르시스를 느끼거나, 상담실 밖에서는 해보지 못한 방식으로 대화를 하면서 건강한 상호작용을 경험한다.

그런데 상담이 10회를 넘어가면 치료가 되는지도 모르겠고, 무언인가 빠진 것 같은데 무엇인지 모르겠다는 이야기가 나올 때가 있다. 거쳐야 할 것을 거치지 않고 그냥 지나친 경우 이런 일이 생긴다. 가장 대표적으로 내담자에게 물었어야 하는 것을 묻지 않았을 때 그렇다.

학벌 콤플렉스 때문에 상담실을 방문한 사람이 있다고 하자. 이 상담에서 반드시 물어봐야 하는 것은 내담자의 출신학교다. 너무나도 당연한 이야기처럼 보이지만, 실제 상담에서는 여러 가지 이유로 물어야 할 것을 묻지 못하는 실수가 생긴다.

만약 상담자가 내담자의 열등감을 건드릴까 봐 출신학교를 묻지 않으면, 상담은 문제의 핵심으로 들어갈 수 없다. 심지어 내담자가 주장하는 학벌 콤플렉스가 무엇인지도 감을 잡을 수가 없다. 오히려 출신학교를 묻지 않고 조심스러워하는 모습은 학벌 콤플렉스를 자극할 수도 있다.

무언가 빠진 것 같은 상태로 상담이 진행되는 또 다른 경우는 상담자가 느끼는 감정을 드러내지 못하는 경우다. 대인관계에 자꾸 문제가 생겨 상담실을 찾아온 50대 중년 여성이 있었다. 따돌림을 당한다며 울분을 토하면서, 돈도 많이 쓰고 잘하는데 왜 그런지 모르겠다고 눈물을 흘리며 하소연을 했다. 그런데 상담 중간에 걸려오는 전화를 받더니 상담자를 앞에 두고 5분 이상 큰 소리로 대화를 했다. "지금 심리상담까지 받는다니까."라며 전화를 끊지 않았다. 면전에서 무시당하는 기분이 들면서 내담자가 왜 따돌림을 당하는지 알게 되었다. 이런 경우 서로 불편해질까 봐 통화가 끝날 때까지 아무 소리 않고 기다려주거나 모른 척 넘어가면 이후 상담이 잘 진행되기 어렵다.

무엇을 빠트리지 말아야 하는지, 그리고 무엇을 빠트리고 있는지를 알려면 여러 번 반복하는 훈련이 필요하다. 여러 번 하다 보면 그냥 넘어가면 안 되는 것이 무엇인지 알게 된다.

트라이앵글 초크 설명서를 만들고 3개월쯤 지난 후, 같은 수업을 다시 듣게 되었을 때였다. 사범님은 동작 하나하나를 끊어서 자세하게 알려주었다.

"팔 힘만으로 상체를 제압할 수 없어요. 두 팔로 당긴다 해도 상대가 몸집이 크면 분명히 버팁니다. 다리를 꼭 사용하세요."

3개월 전에는 들리지 않던 설명이 들렸다.

'트라이앵글 초크를 할 때 다리 힘을 안 쓰고 있었네!'

나는 설명서 두 번째 줄을 다음과 같이 수정했다.

2. 상대 팔 하나를 두 팔로 제압한다. 이때 클로즈드 가드로 묶
   은 다리를 흔들어 상대의 중심을 내 쪽으로 무너뜨린다.

몇십 분째 눈에 불을 켜고 찾아다닌 로봇 조각을 발견
해낸 기분이었다. 아직 설명서는 완성되지 않았지만, 조각
몇 개만 더 찾는다면 설명서가 완성될 것이다. 그리고 언
젠가 나의 트라이앵글 초크도 완성될 것이다. 차근차근 지
킬 것을 지켜내면 결국 성공할 수 있다.

스파링
4

사람이 아니라
문제와 싸워라

한 수도 물릴 수 없는
전략게임

바둑판과 바둑돌을 가지고 할 수 있는 게임으로는 바둑, 오목, 알까기가 있다. 셋 중 내가 선호하는 게임을 고르라면 단연코 오목이다. 머리를 많이 써야 하는 바둑은 골치가 아프고, 손가락을 튕겨내야 하는 알까기는 손끝이 둔한 나로서는 이길 승산이 적다. 같은 색깔 바둑돌 다섯 알을 나란히 늘어놓는 게임 정도가 단연코 내 취향이다.

주짓수는 바둑과 비슷하다. 기본기와 특기를 가진 선수가 비어 있는 공간을 하나씩 채워나간다는 점에서 그러하고, 상대 선수의 선택에 따라 나의 움직임이 달라진다는 점에서 그러하다. 마구잡이로 움직이지 않고 목표를 정해서 움직이는 주짓수와 바둑은 전략게임이다.

'전략'이란 단어는 나에게 어울리지 않는다. 내 성향을 말하자면, 일을 할 때 큰 그림을 그리기보다는 그때그때 상황에 맞춰서 임기응변으로 대응하는 쪽이다. 하고 싶은 일이 생기면 열정적으로 달려드니 시작은 빠른데, 전체적인 상황을 살피고 계획하는 것은 부족하다.

나와 더 잘 어울리는 단어는 '즉흥'이다. 미래는 아무도 알 수 없는 일, 어차피 무슨 일이 일어날지 모르는데 거기에 시간과 노력을 쏟느니 지금 이 순간에 일어나는 상황에 맞추어 움직이는 것이 낫다고 생각한다. 즉흥적으로 살면 속은 편한데 대가를 치른다. 장을 본 바구니에 필요한 물건은 없고 쇼핑하면서 눈에 띄었던 물건이 담겨 있고, 일기예보를 확인하지 않기 때문에 오후에 비가 오는 날이면 어김없이 새 우산을 사게 된다.

크고 작은 대가를 치러도 생긴 대로 살겠다며 고집을 부려온 내가 '전략'이란 단어를 놓고 고민하게 되었다. 오목을 두는 게 속 편한 사람이 바둑을 두려니 고민이다.

암바 수업 시간이었다. 암바는 상대의 팔꿈치를 가동범

위 이상 꺾어 타격을 주는 기술이다. 만약 누군가 다가와 당신 팔을 잡아 뒤로 꺾어댄다고 하면 어떻게 할 것 같은가? 당연히 팔이 꺾인 쪽으로 몸을 돌려 따라갈 것이다. 상대가 꺾은 방향으로 꺾은 만큼만 따라가면 된다. 두 팔로 상대 팔 하나를 낚아채서 꺾는 기술에 성공하려면, 상대 팔을 잡아두는 것만큼이나 나에게 유리한 각도와 방향을 유지하는 것이 중요하다. 꺾기와 제압에 모두 성공해야 기술이 성공한다.

"아까 암바 보인다고 신났었지요? 팔만 꺾으면 어떡해요."

암바를 시도했다가 상대가 몸을 틀어 실패한 것을 동료 수련생이 본 모양이었다. 이렇게 한마디씩 해주는 훈수는 기술을 다듬는 데 도움이 된다.

"네, 암바 하려고 하면 매번 뒤집혀요."

주짓수도 바둑처럼 한 수 무를 수 있다면 좋겠다. 팔을 꺾기 전에 상대를 제압하는 동작 하나를 끼워 넣고 싶다. 이 동작을 계속 빠뜨린다. 바둑판을 바둑돌로 채워내는 바둑은 한 수를 무르는 게 가능하지만, 주짓수는 공간을 채운 움직임이 사라지고 또 다른 움직임이 채워지니 한 수를 무르는 것이 불가능하다.

"앗싸 팔 잡았네 하고 서둘러서 꺾더라고요."

움직임은 참으로 정직하다. 엎치락뒤치락하다 상대 팔이 보여서 얼른 잡아채니 잡히더라. 실제 스파링에서 상대 팔을 잡아본 것이 처음이라서 신이 났는데 움직임에 그것이 드러났나 보다. 제압에도 실패했지만 내 감정을 들키지 않는 것에도 실패했다.

전략게임에서 포커페이스는 기본이다. 경기가 잘 풀려서 신나거나 반대로 생각대로 되지 않아 답답해도 감정을 드러내지 않아야 한다. 바둑 선수가 바둑을 둘 때처럼 평온하고 고요한 표정으로 공간을 움직임으로 채워야 한다.

사범님이 수업을 마치기 전에 이렇게 말했다.

"어쩌다 보니 눈앞에 팔이 보여 암바를 거는 것으로는 안 됩니다. 상대가 결국 나에게 팔을 내어주게 할 계획이 있어야 해요. 자기만의 전략이 있어야 해요."

전략이 있으면 상대 움직임을 예측하는 것을 넘어 유도할 수도 있다는 것이다. 전략게임은 내 취향이 아니다. 누군가를 내 뜻대로 하는 것이 상당히 불편하다. 내가 다른 사람 뜻대로 되기 싫다는 마음이 밑바닥에 있기 때문이다.

내 뜻을 펼치기보다는 내담자의 뜻을 펼쳐내는 심리상담
이 적성에 맞는 것도 이런 이유에서다.

어울리지도 않는 전략게임, 꼭 해야 하는 걸까? 눈앞에
보이는 팔을 잡아당기는 것만으로도 신이 나는데, 굳이 복
잡하게 전략까지 짜면서 운동을 해야 할까 의문이었다. 그
렇게 몇 달이 지났다. 암바 기술은 생각보다 실전에서 잘
먹히지 않았다.

몇 달 후, 다시 암바 수업 시간이었다. 상대가 팔을 내어
줄 수밖에 없게 만드는 예비 동작을 함께 배웠다. 기술을
배웠어도 실전에서 자꾸 실패해서인지 암바 성공을 위한
예비 동작에 더 관심이 갔다. 무릎으로 명치를 눌러서 상
대가 몸의 방향을 틀게 만든다든지, 초크 하는 시늉을 하
면서 상대가 손을 올리도록 유도하는 동작들이었다. 암바
를 하기 전에 이 동작을 넣어주니 억지로 팔을 잡아당겨
올 때마다 힘도 덜 쓰고 성공률도 높았다. 이것이 사범님
이 말하는, 상대가 암바를 내어줄 수밖에 없는 전략인 것
같았다.

힘을 덜 쓰면서도 성공한다. 이것이 전략이구나 싶었다.

암바라는 목표를 성공시키는 전략이 있다면 굳이 쓰지 않을 이유가 없지 않은가. 운이나 힘으로만 하는 데는 한계가 있지 않은가. 내 삶이 고단했던 것은 전략이 부족해서가 아닐까? 미리 계획하고 예측해서 준비하기보다는 상황이 닥쳤을 때 온 힘으로 버텨내다 보니 지쳤던 거다. 언젠가 버틸 수 없을 때가 올 거라 예측하고 준비했다면 이렇게까지 어려워지지는 않았겠지.

한 수 물릴 수 없는 것은 삶도 마찬가지다. 과거는 돌이킬 수 없고 지금 여기는 계속된다. 자기 뜻을 펼쳐나가는 데도 전략은 도움이 된다. 내 뜻을 펼치는 것이 꼭 다른 사람 뜻을 거스르는 것은 아니다. 뜻을 이루어가는 데 생기는 이해충돌은 그것 자체가 풀어야 하는 목표가 된다. 목표가 세워지면 그에 따라 전략을 짜면 될 것이다.

당신을 절대
해치지 않아요

"죽음을 경험해보고 싶어서 시작했어요."

이런 말을 하며 수련을 시작한 수련생이 있었다. 주짓수의 조르기와 꺾기 기술은 치명적이다. 특히 조르기 기술은 살상이 가능하니 체육관에서 죽음을 경험해보겠다고 하는 것이 이상한 말은 아니다.

'목을 조른다'는 뜻을 가진 라틴어 ango에서 '불안'이라는 뜻의 anxiety가 유래되었다고 한다. 조르기 기술로 경동맥을 압박하면 몇 초안에 의식을 잃는다. 체육관에서야 기술이 걸린 사람이 탭을 치기도 하고 기술을 거는 사람이 상대를 살피기도 하지만, 조르기는 상당히 위협적인 기술이다. 사람은 목이 졸리면 극도의 불안을 느낀다.

주짓수 수련은 불안 수련이다. 사람이 불안을 느끼는 중요한 대상 둘이 있는데, 하나는 사람이고 또 하나는 죽음이다. 주짓수는 이 두 대상을 염두에 둔다.

파트너와 조르기 기술을 연습하는 것은 서로에게 신뢰가 있을 때 가능하다. 내가 탭을 치면 놓아준다는 믿음이 있으니 상대에게 목을 맡기는 것이다. 상대가 나를 해치지 않을 거라는 믿음과 체육관이라는 공간이 나를 지켜준다는 확신으로 조르기 기술을 건다.

사람을 대하는 데 불안이 있다면 조르기 수련은 상당히 곤욕스럽다. 얼굴을 맞대고 인사하기도 어려운 사람이 어떻게 자기 목을 상대에게 맡기겠는가. 더군다나 기술을 마무리하려면 상대 숨소리가 내 귀에 들릴 만큼 상대의 몸과 내 몸을 밀착해야 하니 곤욕도 이런 곤욕이 없다.

우울해지면 사람을 대하는 것이 싫다. 사람이 싫다기보다는 나도 싫고, 남도 싫고, 세상이 다 싫다. 사람이 싫어지는 수준을 넘어서 두려워지면 대인 불안이 생긴다. 상대가 나에게 도움이 되지 않는다는 생각이 굳어져서다.

대인 불안을 낮추려면 상대가 나를 해칠 것이라는 생각

을 풀어내야 한다. 그러려면 증거가 필요하다. 내가 취약해져도 남이 나를 해치지 않는다는 경험이 바로 그 증거다. 조르기 수련을 하면 누군가가 나를 해칠 수 있는 상황에서 나를 해치지 않는 경험을 하게 된다. 상대가 기술을 걸다가도 내가 탭을 치면 즉시 기술을 풀고, 설사 내가 탭을 치지 못했다 해도 내 생명에 해를 끼칠 만큼 기술을 걸지 않는다.

내가 탭을 치면 기술이 풀린다는 것, 즉 불안한 상황을 내가 조절할 수 있다는 것을 알면 통제감이 생긴다. 사람과 죽음에 대한 통제감을 느끼면 불안이 가라앉는다. 상대로부터 나를 보호할 수 있고, 상대도 나에게 적대적이지만은 않다는 것을 알게 된다. 이런 경험은 '저 사람이 나를 해칠 거야'라는 생각을 깨트릴 수 있는 증거로 차곡차곡 쌓인다. 증거가 충분히 쌓이면 대인 불안을 만들어내는 경직된 믿음이 부드러워진다.

최신 심리치료 기법으로 '신체감각치료'라는 치료법이 있다. 이 치료법은 몸 안에 들어온 강렬한 외부충격이 몸 밖으로 빠져나가지 못해 마음의 병이 생긴다고 본다. 또 사람에게는 심리적인 안정을 지지해주는 눈에 보이지 않는 벽이 몸을 에워싸고 있다고 본다. 건강한 사람들은 이 벽이 단단하다. 그런데 만약 어떤 사고로 이 벽이 뚫리면 마음 건강에 문제가 생긴다. 이 벽을 회복해야 건강이 회복된다. 위에서 떨어진 물건에 맞은 사람은 그 후에도 자기 머리 위에서 불안감을 느낀다. 사고 때 생긴 충격이 몸에 남아서 과잉보호를 하는 것이다.

신체감각치료 이론에 따르면, 이 벽을 회복시키려면 우선 몸에 남아 있는 충격이 빠져나가도록 해주어야 한다. 충격이 남아 있는 부분을 이완시키기도 하고, 움직여도 안전하다는 것을 확인한다. 근육이 긴장하고 이완되는 정도, 몸의 떨림, 피부의 온도 등 신체감각을 느끼고 그 변화를 따라가면서 안전감을 회복한다. 사고가 다시 일어날 확률이 지극히 낮다는 사실을 이해하는 것으로는 불안이 가시지 않지만, 신체감각이 원상태로 돌아가면 몸은 더는 자극에 과잉반응을 하지 않는다.

주짓수는 자신의 감각을 세밀하게 경험하고 서로의 감각을 나눈다. 생명을 빼앗길 수 있는 가장 취약한 부분인 목의 감각과 사람을 마주 대할 때 느껴지는 모든 감각에서 안전함을 경험한다면, 심리적 방어벽이 회복되어 건강한 상태로 돌아가게 되지 않을까? 통제감과 안전감을 몸이 느끼면 죽음과 사람에 대한 불안이 줄어들지 않을까?

죽음의 모의훈련 효과는 노출 치료^{Exposure Therapy} 원리로도 설명할 수 있다. 어떤 자극에 공포를 느끼는 사람에게 공포 자극을 계속 주면서 자극이 있어도 안전하다는 것을 경험시켜 과도한 공포를 줄이는 것이 노출 치료다.

죽음과 사람에 대한 공포를 느끼는 사람에게 불안 자극을 반복하고 자극에 노출되어도 안전하다는 것을 확인시키면 두려움을 덜 느낄 수 있다. 숨이 막히면 죽음에 대한 불안이 자극될 수 있다. 하지만 숨이 넘어갈 것 같은 상황을 버티다 보면 생존본능이 깨어난다. 기술을 걸고 있는 상대의 손을 뜯어내다 보면 생존본능이 활활 타오른다. 죽음의 모의훈련은 살고 싶은 마음에 불을 지핀다.

주짓수는 불안을 자극하기만 하지 않는다. 위험한 상황이 연출되지만 언제나 안전한 상황으로 돌아온다. 그리고 안전한 상황으로 돌아오는 결정을 자기 자신이 한다. 탭을 쳐서 상대에게 항복을 알리는 즉시 숨이 막히는 상황이 끝난다. 자신의 판단과 행동으로 위협이 사라지면 불안에 대한 통제감을 얻는다. 통제감을 얻으면 다시 불안해져도 이전보다 두려움을 덜 느끼게 된다.

어느 날 조르기 수업 시간이었다. 내가 바닥에 등을 대고 눕고, 상대는 내 갈비뼈 위에 말을 타듯 올라탔다. 그날 수업 파트너는 C였다. 체육관 근처에 있는 무역회사에 다니는 C는 중국인이다. 타지에서 일하느라 힘들 텐데도 늘 생글생글 웃는다.

C가 한 손으로는 내 도복 깃을 열고 또 한 손으로는 깃 안쪽을 잡았다. 도복 깃을 잡았던 손을 반대편 쪽으로 집어넣어 손목을 엑스자로 교차했다. 상체를 숙여 머리를 내 머리 위에 딱 붙이자 기술이 걸렸다. 목 양옆으로 압력이 지긋이 느껴졌다. 얼른 손끝을 들어 C의 등을 톡톡 두드리며 탭을 쳤다.

"와, 됐어요?"

"네, 아주 잘 걸렸어요."

갸웃거리며 연습을 하다 기술에 성공하니 기분이 좋은 모양이었다. 그렇지 않아도 환한 얼굴이 더 환해졌다. 나와 C는 서로의 목깃을 잡아당겼다 풀었다 하면서 기술을 연습했다. 진지하게 연습하다가도 서로 캑캑거리는 얼굴을 보면 웃음이 나 키득거렸다. 신나게 서로 옷깃을 잡아당기다 보니 수업이 끝났다. 밝게 웃는 C와 기술 연습을 하다 보면 세상 걱정이 잠시나마 사라지는 것 같았다. 죽음의 모의훈련이 끝나니 불안의 구름이 밀려갔다.

분노도
힘이 되는구나

사랑에 빠진 사람들을 보고 있으면 행복이란 저런 것이구나 싶다. 그들을 보면서 행복해지려면 연애를 해야겠다 싶어진다. 그런데 그렇게 죽고 못 산다는 커플도 시간이 지나면 다툼이 생기며, 심지어 철천지원수가 되기도 한다.

커플들이 깨지는 이유는 보통 성격 차이 때문이라고 한다. 그래서 파트너를 선택할 때 성격이 좋은 사람을 만나라고 하는데 이것이 참 어렵다. 가치관, 사고방식, 신념, 행동양식, 생활습관 등이 합쳐진 것이 성격인데, 어떤 사람에게는 좋은 성격이 다른 사람에게는 재앙에 가까운 성격이 되기 때문이다.

행복을 유지하며 살아가려면 우리는 무엇을 어떻게 해야 할까? 성격 좋은 파트너를 만나라는 것보다 조금 더 나은 조언은 없는 걸까? 학력이나 재력 같은 조건을 가진 파트너? 아니다. 필요조건은 되어도 충분조건은 되지 않는다. 학력이 높고 돈이 많아도 불행한 사람을 수없이 보아왔다. 잘나가는 배우자나 자녀 역시 행복의 조건이 될 수 없다. 자랑할 수는 있어도 잘 지내지 못하면 없는 것이 낫겠다 싶은 관계가 된다.

사랑하다가 원수가 되는 사이를 자세히 들여다보면 그 안에는 해결되지 않는 분노가 있다. 서로 달라서건 또는 상대의 부족함을 감당하지 못해서건 실망이 쌓여서 생기는 '화'라는 감정은, 사랑이 증오로 변질되어 타오르게 하는 도화선이다.

행복한 삶을 살고 싶다면 화를 다룰 수 있어야 한다. 화를 다스리는 능력을 얻는 자가 행복도 얻는다. 마흔이 될 무렵 내 삶이 무너져내린 것은 바로 이 능력이 없었기 때문이다. 쌓여가는 분노를 어떻게 해야 하는지 몰라도 너무 몰랐다.

화가 났을 때는 무조건 참기만 했다. 그것은 잘하는 편이었다. 합리화하고 모른 척하며 묻어둔 화는 오랜 상담 공부와 자기분석을 통해서도 드러나지 않았다. 화가 드러나지 않으니 화를 해결할 방법도 알지 못했다.

화가 드러나기 시작한 것은 체육관에서였다. 언제인가부터 맞서 싸우는 것이 두렵지 않았고 오히려 스파링 시간이 기다려졌다. 스파링 몇 판을 하고 나면 심장박동수가 올라가면서 몸 안에 열기가 끓어올랐다. 분노가 끓어오르는 것 같기도 하고 힘이 나는 것 같기도 했다. 뱃속 깊이 묵혀 있던 분노가 느껴졌고, 그 분노가 터져 나오는 것 같았다. 땀이 쏟아지자 쌓여 있던 해묵은 감정의 찌꺼기도 함께 쏟아졌다. 분노가 힘이 된다는 말이 이해가 되었다.

칼바람이 부는 어느 겨울날이었다. 두꺼운 코트를 벗고 도복으로 갈아입으니 조금은 몸이 가벼워진 것 같았다. 그날도 스파링을 시작도 하기 전에 힘이 솟구치는 느낌이 들었다. 내가 밀면 밀리고 당기면 딸려왔다. 내가 상대보다 강하다는 생각이 스치는데 그게 좋았다. 처음에는 자신감이 생기는 건가 싶었다. 그런데 시간이 지나자 우쭐대고 싶기도 하고 양보하고 싶지 않기도 했다.

스파링이 시작되었다. 한 번씩 서로를 넘어뜨리다 상대를 제압할 수 있겠다 싶은 기회가 보였다. 기회를 놓고 싶지 않아서 팔을 쭉 뻗어 결국 목을 제압했다. 승패는 나지 않았다. 이기지도 않았지만 밀리지도 않았다 싶어 만족스러웠다. 그런데 자리에서 일어나 걸어가는 스파링 파트너의 뒷모습이 심상치 않았다. 손을 들어 목을 감싸는데 아차 싶었다. 부리나케 따라 일어나 파트너에게 물었다.

"괜찮으세요?"

"괜찮아요. 살짝 스친 것 같아요. 아무렇지 않은데요."

아무렇지 않다고 하는데 목 뒤가 빨갰다. 아까 팔을 쭉 뻗었을 때 내 손톱 끝부분이 목에 닿은 것이다. 괜찮다는 말을 들어도 맘이 편치 않았다. 힘이 실린 움직임은 살짝 스쳐도 상처를 낸다.

수업 첫날 견인도 안 되던 고물차가 이제 용케 구르기도 하고 달리기도 하는데, 손볼 데가 한두 군데가 아니었다. 그런 줄도 모르고 달리는 재미에 빠져들어 있었다. 안전주행 속도를 초과해서 달리는 것을 알면 속도를 줄여야 하는데, 계기판도 브레이크도 고장이 나 있었다.

열기와 땀을 쏟아내며 분출하는 카타르시스에 취한 채

내 감각에만 집중하고 있으니, 같이 움직이는 상대가 보일 리가 없었다. 속도에 취해 있으니 살짝 스쳐도 상대가 상처가 나는 것이다. 손끝에서 발끝까지의 움직임이 온전히 내 의지대로 되지 않는다.

열기를 씩씩 뿜어대고 있는 내 모습을 보고 있으려니 내가 화를 내면 이런 모습이겠구나 싶었다. 자기 모습이 어떤지 모르고 쏟아내기만 하겠구나. 분노 해결법이라고는 무조건 참는 것밖에 모르니, 화를 쏟아내면 나도 모르게 사람들에게 상처를 주겠구나.

벌겋게 달아오른 스파링 파트너의 뒷목을 보고서야 알게 되었다. 화를 풀어내는 것만이 능사가 아니라는 것을. 안전하게 풀어내야 나도 안 다치고 남도 안 다친다는 것을.

켜켜이 쌓인 화를 풀어내려고 다시 상담실을 찾아갔다. 맞서는 것이 두렵지 않을 만큼 몸과 마음이 단단해져서일까? 끝나고 나면 녹초가 되던 상담이 아무렇지도 않았다. 내 안의 분노를 마주한 채 보고 말하고 또 보고 말하기를 반복했다. 쌓여 있던 분노가 차츰차츰 녹아내렸다.

아프면 탭을 칠 테니
걱정 마요

엔진만 달고 위험한 질주를 하고 있구나 싶으니 체육관에
와도 신이 나지 않았다.

'잘못해서 또 파트너에게 상처를 내면 어쩌지.'

실력도 없으면서 미친 황소처럼 날뛰기만 한 것 같고,
누군가를 다치게 할 수 있다는 걱정에 사로잡혔다.

수련을 하다 보면 부상을 입는다. 운동량을 몸이 못 이
겨내어 손가락 인대나 발목 인대가 늘어나기도 하고, 스파
링 상대와 충돌이라도 하면 몇 달간 수련을 하지 못하는
큰 부상을 입기도 한다. 다칠 수는 있어도 내가 누군가에
게 상처를 낼 수 있다고 생각해본 적이 없었다. '난 약하니

까', '난 못하니까' 하며 나쯤이면 아무렇게나 해도 된다고 생각한 것은 아닐까. 손자국이 벌겋게 난 목덜미를 본 날 이후 심히 착잡했다.

직사광선이 바닥에 내리꽂혀 아스팔트가 부글거리던 어느 여름날. 상대방 팔목을 잡고 꺾는 기술을 연습하는 시간이었다. 어떤 방향으로 얼마만큼의 각도로 손목을 틀어야 기술이 걸리는지 조금씩 각도와 방향을 바꾸어가며 연습하는 중이었다. '다치게 하면 어쩌지'라는 생각 때문에 기술을 걸지도 못하고 상대방 얼굴만 살폈다.

'아픈가? 내가 너무 세게 꺾었나?'

손목을 잡고서는 이러지도 못하고 저러지도 못하고 있는 나를 보던 파트너는 답답한 듯 한마디 했다.

"아프면 탭을 칠 거예요. 걱정 말라고요."

탭은 항복의 표시다. 상대의 승리를 인정하는 선언이다. 바닥을 치거나 소리를 내거나 상대방의 몸을 두드려 표시하기도 하는데 흔히 '탭을 친다'고 표현한다. 탭tab은 톡톡 두들긴다는 뜻이 있다. 항복을 선언하면 즉시 기술을 풀어야 한다. 위험한 움직임을 상대에게 허용해야 하는 운동으로서 최소한의 안전을 보장하는 약속이기도 하고, 상대의 실력을 인정한다는 소통이기도 하다.

남을 다치게 할지도 모른다는 걱정으로 마음이 위축되어 있었다. 내가 움직이면 상대도 그것에 맞게 움직이는데, 과소평가를 해도 보통 과소평가한 게 아니다. 상대가 아무것도 하지 못할 거라는 염려는 착각이다.

해묵은 감정을 드러내지 못하고 사는 사람들이 많다. 아버지가 홧김에 쏟아낸 고함, 어머니의 푸념 한 자락에 상처를 입고 말 한마디 하지 못하고 수십 년을 보낸다. 지금이라도 말해보라고 하면 부모님이 상처를 입을까 봐 못 하겠다고 한다. 어설프게 괜히 말을 꺼냈다가 집안에 피바람이 불지도 모른단다. 내가 한 발자국 움직이면 상대도 한 발자국 움직이는데. 조금씩 꺼내봐도 되는데. 마음은 상처투성이면서 온몸이 얼어붙어 움직이지도 못한다.

용기를 내어 속마음을 꺼내보면 허무하게 끝나는 경우가 많다. 생각처럼 끔찍한 전투가 벌어지지는 않는다. '내가 언제 그랬어? 그런 적 없는데.'라고 말하는 부모를 보며 전의를 상실하기도 하고, 별것도 아닌 것에 마음을 끓였구나 싶어 허무하기도 하다.

상처가 될 만큼 아팠던 기억은 꺼내보는 것이 어떨까. 서로 민망하고 생각보다 시시하게 끝이 나도 속으로 곯는 것보다 낫다. 내가 움직이면 상대도 움직인다. 상대가 다칠까 봐 빠져 있지 말자. 해치려고 작정하고 달려들지만 않는다면 알아서 피할 것이다. 피하지 못하면 적어도 '탭'이라고 항복이라도 하겠지.

나는 당신을
포기하지 않을 겁니다

체육관에는 운동을 시작하고 100일이 고비라는 말이 있다. 그래서 새로 오는 수련생에게 눈 딱 감고 석 달만 버텨보라 한다. 석 달 동안 해봤는데도 안 맞는다 싶으면 그때 가서 포기하라고 말이다.

무엇이든 그렇지만 시작이 어렵다. 수련 시작 첫 석 달, 수업을 들어도 무슨 소리인지 모르겠고 잘하지도 못하고 환영도 못 받는 것 같다. 내가 여기서 뭐 하고 있나 싶은 생각이 머릿속에 가득해지는 때다. 나 역시 첫 석 달이 어려웠다.

'그만둘까….'

운동을 시작하고 얼마 되지 않았을 때였다. 하루는 수업을 듣는데 기술을 못 따라 하는 내가 바보 같다는 생각이 들었다. 시끄러운 생각들이 머릿속에서 빙빙 돌아다녔다. 뜬금없이 서러워지고 속이 상했다. 수업이 끝나자 체육관 구석을 찾아가 앉았다.

"그렇게 가만히 있으면 살 안 빠지는데."

누군가 말을 걸어왔다. 살을 빼기는 빼야겠지. 몇 개월 새 5kg 넘게 쪘으니 말이다. 다이어트하려고 체육관에 등록한 아줌마로 보일지도 모르겠다. 그런데 나는 지금 그게 문제가 아니란 말이다. 살 빼는 게 인생에서 가장 시급하고 절박하던 때로 돌아갈 수 있으면 좋으련만.

안 그래도 복장 터지는 속을 뒤집은 목소리의 주인공은 체육관 사범님이었다. 웃지 않을 때도 웃고 있는 것 같은 얼굴은 마치 '난 세상에서 제일 착한 사람입니다.'라고 말하고 있는 것 같았다. 말을 걸어주니 반가워 나도 모르게 마음속 깊은 곳에 숨겨두었던 걱정이 튀어나왔다.

"전 너무 못하는 것 같아요."

"그렇기는 해요."

"네?"

"그러니까 더 열심히 해야죠."

돌아오는 목소리가 맑다. 못한다는 소리를 들었는데 주눅이 들지 않았다. 못한다는 목소리에 질책하는 느낌이 없어서일까? 벙글벙글 웃고 있는 얼굴에 악의가 없어서일까? 못하니까 더 열심히 해야 하지 않겠냐는 말이 편안하게 들렸다.

사범님은 짐볼을 가져왔다. 손과 다리를 동시에 움직이는 빠르고 정확한 스텝을 배워야 한단다. 익숙해지려면 수십 번 수백 번 해야 하는데, 사람과 계속 연습할 수 없으니 짐볼로 연습해보라는 거다. 왜 나한테만 시키지? 스파링하면서 내 발에 걸려 넘어지는 거 봤나 싶어 머쓱했다.

사범님은 말없이 짐볼을 굴리며 시범을 보였다. 그러더니 오른쪽 왼쪽을 번갈아 반복하라고 했다. 터덜터덜 일어서서 짐볼을 굴렸다. 가볍고 간단해 보이는 움직임이다. 오른쪽은 되는 것 같은데 왼쪽은 안 되는 것 같기도 하고.

"정확하게 해야죠. 대충하지 말고. 열, 열하나, 열둘."

남들은 걷는 것처럼 하는 스텝이 엉키니 웃음이 터져 나왔다. 사범님도 기가 막힌지 웃었다. 같이 웃고 나니 속이 후련해졌다. 잘하지 못하면 어때. 바보 같으면 어때. 벙글거리는 사범님 얼굴을 보고 있자니 100일은 넘겨보자 싶었고, 그렇게 난 체육관에 남았다.

100일을 넘겼다고 수련이 갑자기 수월해질 리는 없다. 블랙 벨트로 가기까지 가장 힘든 길은 체육관까지 가는 길이란 말이 있다. 꾸준히 수련하기란 얼마나 어려운지. 운동이 재미있을 때야 잠들면서 다음 날 체육관에 가는 꿈을 꾸기도 한다. 체육관 가는 길이 소풍 가는 길이다. 그런데 슬럼프가 찾아오면 체육관 가는 일만큼 고역이 없다. 꾸역꾸역 억지로 가다가 안 가도 되는 핑계를 만들게 된다.

슬럼프를 겪게 되는 이유는 다양하다. 부상을 당해서, 실력이 안 늘어서, 사람들과 불편해져서 등의 이유로 슬럼프가 찾아온다. 그렇게 슬럼프가 오면 수련과정이 고단해진다.

체육관 밖의 일들이 체육관을 가기 어렵게 만들기도 한다. 나는 회사 때문이었다. 체육관과 회사가 가까운 덕에 점심시간에 운동을 했는데, 지방 출장이 늘어나자 운동을 할 수 없게 되었다. 아무리 바빠도 일주일에 두어 번은 운동을 했는데 하루도 가지 못하는 날이 늘어갔다.

나를 위해 쓰던 시간이 사라지자 생활이 흔들리기 시작했다. 혈압이 다시 올랐고, 두통과 복통으로 약을 달고 살았다. 운동을 전혀 할 수 없게 되니 또다시 삶이 흔들리는 듯했다. 체육관을 못 가는 날이 늘어날수록 불안해졌다. 어렵게 익혔던 스텝이나 움직임도 가물거렸다. 오래 쉬다가 다시 체육관으로 돌아가기란 쉽지 않았다. 다시 가면 또 처음부터 배워야 할 텐데. 간신히 조금 안 것 같았는데. 걱정이 불어나는 중에 관장님은 잊을만하면 짧은 문자를 하나씩 보냈다.

"일과 육아 사이에서 균형을 먼저 잡아. 운동까지
한다는 게 무리인 거지."
"너무 무리하지 말고 몸 관리해라."
"얼굴 또 보자."

운동하자고 하지 않았는데 운동이 하고 싶어졌다. 피트니스센터에서 보내는 '1년 회원권 마지막 빅 할인, 오늘 마감합니다' 같은 문구와 달리 '와서 등록해라'가 아닌 '얼굴 또 보자'는 짧은 문자 속에서 나를 위한 진심이 전해졌다.

그 진심 덕에 체육관을 다닌 것이 벌써 5년. 하루는 사범님이 외국인 수련생에게 해줄 말이 있다며 나에게 통역을 부탁했다. 잘 먹고 잘 살려고 죽어라고 배운 영어를 요즘은 체육관에서만 이렇게 드문드문 쓴다.

외국인 수련생은 힘도 세고, 기술도 정교하고, 나이도 젊고, 뭐 하나 빠지는 것이 없었다. 이렇게 완벽해 보이는 수련생에게 슬럼프가 찾아온 것이다. 사범님은 이런 말을 전해 달라고 했다.

"나는 손가락이 없는 학생도 가르쳐봤고, 다리가 없는 학생도 가르쳐봤어. 그런 학생들은 조건이 불리하니까 느리기는 하지. 그런데 나는 포기는 안 해. 학생이 손가락이 없거나 다리가 없다고 난 학생을 포기하지 않아. 네가 지금 그만두고 싶을지도 몰라. 그런데 나는 너를 포기 안 할 거야."

나도 나를 못 믿겠는데 나를 믿는 사람이 있다는 것은 얼마나 감격스러운 일인가. 외국인 수련생은 진심으로 위로를 받은 눈치였다. 나에게 해준 말은 아니었지만, 나는 그 말을 나에게도 해주는 말로 들었다.

수련 첫 석 달을 버티게 해준 벙글벙글 웃음을 가진 사범님, 수련 내내 진심으로 학생들의 발전을 바라며 포기하지 않는 관장님 덕에 나의 주짓수는 계속되었다.

싸워보겠다는
그 마음

체육관에 한 가족이 방문했다. 부부가 초등학교 저학년쯤 되는 아들 둘을 데리고 함께 운동을 하러 왔다. 아버지는 스포츠머리에 체격이 다부지고, 어머니는 내 또래로 보이는데 웃는 낯에 인상이 좋았다. 아이들은 엄마와 아빠를 반씩 닮았는데 씩씩하고 개구져 보였다. 보통 가족이 체육관에 오면 아내는 남편과 아이들이 운동하는 것을 구경한다. 그런데 아내도 함께 도복을 갈아입는 거다. 나 같은 아줌마 수련생, 동지다. 어찌나 반가운지 한걸음에 달려가 말을 걸었다.

남편과 아이들은 주짓수를 한 지 3년쯤 되었고, 본인은

한 달이 되어간다고 했다. 말을 건 김에 기술 파트너가 되어 같이 수업도 듣고 스파링도 했다. 그런데 보통 분이 아니었다. 수련 한 달 정도의 초보 수련생은 상체를 압박당하거나 손목이 잡혀서 기술이 걸릴 것 같으면 겁이 나서 쉽게 탭을 친다. 그런데 이분은 전혀 겁을 먹지 않았다. 내 공격을 막아내는 동작에서 끝까지 싸우겠다는 의지가 느껴졌다. 동작 하나하나에 힘을 싣는 정도가 예사롭지 않았다.

스파링이 끝나고 어디서 그런 투지가 나오느냐고 물어봤다. 그랬더니 이런 답이 돌아왔다.

"그런가요? 음, 제 직업 때문일까요? 제가 경찰이거든요."

남편은 경찰 특공대란다. 그러면 그렇지. 이 가족은 경찰 가족이었다. 스파링을 하며 느꼈던 남다른 투지가 설명이 되었다. 이분이 포기하지 않고 수련을 한다면 아마 계속 이기는 싸움을 하려 하겠구나 싶었다.

이기기 위해 갖춰야 하는 것은 기술이나 체력보다 투지다. 싸우고자 하는 마음은 실제 가치보다 저평가되어 있다. 싸움을 위한 싸움은 참아야겠지만, 싸워보겠다는 마음은 관계에서 갈등을 해결하는 데도 필요하다.

가족의 문제라면 더욱더 그렇다. 가족과 싸우라는 것이 아니고 문제와 싸우라는 것이다. 싸워보겠다는 마음을 드러내면 소란이 일어난다면서 무조건 참아내는 사람들이 있다. 유년기에 폭력적인 갈등 속에서 긴장 상태로 자랐거나, 갈등이 불거져 나와 해결되는 것을 경험해보지 못한 사람은 불편한 것을 참아내는 능력이 과도하게 발달한다.

불편한 감정을 터뜨리지 않고 참아내는 것은 분명 능력이다. 인내가 부족하면 관계가 틀어지고 골치 아픈 일이 많아진다. 갈등의 원인과 해결책을 감정적 대립 없이 알아내는 것이 제일 좋지만, 현실은 그렇지 않은 경우가 더 많다.

학부모 모임에서 만난 40대 여성 C는 남자아이 둘을 둔 직장인이었다. 적성에 맞지 않는 전공을 공부하고 적성에 맞지 않는 직업을 가지고 있는 그녀에게 유일한 즐거움은, 아이가 자라는 것을 보는 것이었다. 살림이 적성인 것 같다는 그녀가 회사에 계속 나가는 이유는 남편 때문이었다.

그녀의 남편은 집 밖에서는 능력도 있고 수완도 좋았다. 그녀의 표현에 의하면 상사가 원하는 것은 말도 하기 전에 알아차려 입의 혀처럼 군다고 했다. 승진도 빨랐고 연봉도 많았다. 남편은 아내가 계속 직장에 나가기를 원했다. 그녀가 벌어오는 월급이 없으면 살림이 지금보다 여유롭지 않기 때문이었다.

남편은 아내의 고충을 들어주지 않았다. 직장생활과 육아의 어려움을 이야기하면 아내가 부족해서 그런 거라며 아내 탓을 했다. 공감받지 못하는 서운한 마음을 전달하면, 그럴 거면 자기한테 왜 이야기하느냐면서 길길이 날뛰었다. 남편은 한번 감정이 북받치면 며칠 동안 폭언을 계속했고 아이한테까지 터져나갔다. C는 자기 마음을 꺼내놓는 것이 옳지 않다는 생각이 들었다. 조금만 꺼내놓아도 열 배는 더해서 돌려받게 되니 입을 닫게 되었다.

직장에서 상사 눈치 보며 쌓여 있는 일을 처리하기도 힘든데, 남편과 언쟁을 하고 난 다음 날에는 도통 일에 집중하기가 어려웠다. C는 남편과의 갈등에 맞서 싸워보겠다는 투지가 꺾였다. 투지가 꺾이자 남편을 용서하려는 마음도 사라졌다. 요즘 들어 남편이 아내를 배려하는 행동을 가끔씩 하기도 하지만 성에 차지 않는다. 무엇을 해준다고 해도 그동안 참은 것을 보상받을 수는 없을 것 같고, 아이가 다 자라면 이혼을 요구할 생각이라고 한다.

C의 이야기는 중년 부부 중 상대방의 감정에 맞춰주는 역할을 하며 산 사람들에게 흔히 듣는 이야기다. 이들은 갈등을 피하려고 참는 데까지 참아서 속병이 나기도 하고, 언젠가는 너를 버리고 떠나겠다며 마음속에서 칼을 갈기도 한다.

이들은 배우자와의 갈등 때문에 힘들다고 하지만 정작 이야기를 들어보면 문제를 해결할 생각이 없다. 너무 지쳐서이기도 하고, 불편한 감정과 갈등 해결이라는 문제에 맞서 싸우는 것을 잘하지 못해서기도 하다. 싸워야 하는 싸움을 외면하는 것은 잘 참기 때문이 아니라 투지가 약해서다.

참아서 해결될 일이라면 참는 것도 방법이다. 신뢰가 있고 배려를 해주는 사이에서 일어나는 갈등은 시간이 흐르면 저절로 해결되기도 한다. 하지만 갈등의 골이 깊고 어느 한쪽이 문제의 심각성을 알지 못하는 경우라면 반드시 맞서 싸워야 한다.

갈등을 피하면 눈에 보이는 싸움은 일어나지 않는다. 하지만 마음속에서는 전쟁이 시작된다. 참기만 하면서 문제를 해결하면 또 다른 문제가 생긴다. 몸과 마음이 병드는 것이 대표적인 문제다. 참는 것이 능사인 줄 알고 끝까지 참다가 속이 곯을 대로 곯고 몸까지 망가지는 경우가 허다하다.

해묵은 갈등을 해결하고 싶은가? 갈등을 피하는 것이 익숙한 사람이라면 마음을 굳게 먹어야 한다. 상대의 눈을 흔들리지 않고 바라보면서 하고 싶은 말을 하려면 웬만한 결심을 해서는 되지 않는다. 싸우려는 굳은 마음을 가져야 한다. 다시 한번 말하지만, 사람과 싸우는 것이 아니고 문제와 싸우는 것이다. 관계를 회복하려는 것이니 관계를 망칠 만한 행동은 삼가자. 당당한 태도로 원하는 것을 요구해라. 행동이 정당화되면 태도가 당당해진다. 위축되고 움츠러든 마음이 풀린다.

한번은 친구를 따라서 마라톤 동호회에 갔다. 마라톤은 처음이고 주짓수를 한다고 하니 회원 한 명이 자신은 평화주의자라며 격투기를 한다는 나를 신기하게 쳐다보았다. 나는 졸지에 평화를 사랑하지 않는 사람이 되어버렸다.

하지만 마라톤이야말로 자기 한계에 맞서 싸우는 전투가 아닌가. 상대방과 맞서 싸우지 않을 뿐이지 호흡의 한계, 근육의 한계, 의지의 한계를 넘어서는 치열한 전투가

끊이지 않는다. 그렇게 계속되는 전투에서 이기고 결승점에 도달했을 때 얻는 성취감과 만족감이 바로 동호회 마라토너가 말했던 평화 아닐까?

전쟁과 평화는 공존한다. 평화를 지키기 위해서 치러야 하는 전쟁도 있다. 전쟁에서 이기고 평화를 얻으려면 맞서 싸우는 굳은 마음이 있어야 한다.

느슨한 관계가 주는
위로

직장인 D는 낮 12시에 체육관에 온다. 직장인에게 금쪽같
은 점심시간을 다 운동하는 데 쓴다. 탈의실로 들어가 도
복을 갈아입고 50분짜리 수업을 듣고 다시 서둘러 옷을
갈아입고 회사로 돌아간다. 단발머리에 하얀 얼굴, 늘 생
글생글 웃고 다니는 그녀에 대해서 아는 것은 많지 않다.
이름 있는 출판사에서 일하는 직원이라는 것, 운동을 시작
한 지 2년쯤 되었으며 참으로 부지런히 수련을 한다는 것
정도가 내가 아는 전부다.

그녀와 5분짜리 스파링을 했다. 그녀를 내 몸에 태워 바
닥을 한 바퀴 구르기도 하고, 팔을 끌어와 잡아당겨 목에

둘러 걷기도 했다. 말 그대로 온몸을 붙잡고 데굴데굴 굴렀다. 기술시간에 곁누르기를 배우며 서로를 압박하느라 체력 소진이 컸는지 스파링이 끝나자 둘 다 기진맥진해졌다. D의 하얀 얼굴이 벌게졌다. 아마 나도 비슷한 모습일 게다. 벽에 나란히 등을 기대고 앉아 숨을 골랐다. 쉬지 않고 스파링을 계속하는 수련자들의 롤링을 가만히 지켜보았다. 수련 기간이 긴 선배가 사이드 컨트롤 이스케이프를 기가 막히게 해냈다.

"이야!"

누가 먼저랄 것도 없이 나와 D의 입에서 작은 탄성이 동시에 터져 나왔다. D에게 말을 걸었다. 낯을 많이 가리는 나는 웬만해서는 사람들에게 먼저 말을 걸지 않지만 체육관에서는 말 걸기가 어렵지 않았다. 스파링을 함께한 수련생에게라면 한결 쉽다.

"하… 사이드 이스케이프 진짜 어렵죠."

"맞아요, 맞아요. 손 하나로는 팔 하나 막고, 나머지 손 하나로는 겨드랑이 파서 빠져나와야 하는데. 하… 머리로는 아는데."

"내 말이 그 말이에요. 머리로는 알겠는데 막상 하려니

안 되죠."

"아우, 정말!"

"아, 진짜!"

이렇게 잘 통할 수 있을까? 그녀는 내가 하는 말에 전심으로 맞다고 해주었다. 사이드 컨트롤 이스케이프에서 어려움을 겪는 D를 본 적이 있어서 엄살이 아니라는 것을 안다. 성실한 수련자라는 것을 알기에 그 답답함의 깊이도 안다.

사이트 컨트롤이란 상대의 몸이 내 몸 위에 십자 모양으로 가로 얹어져서 압박하는 자세를 말한다. 이 자세에 갇히면 탈출하기가 어렵다. 시냇가에 친 그물에 걸린 물고기처럼 팔딱거리며 힘만 빼기 일쑤다. 한번 걸려들면 빠져나오기 힘들기에 안 걸리는 것이 상책이라 하지만 흔히 연출되는 자세다. 그물에 갇혀 움직일 때마다 조여오는 것이 무엇인지 아는 물고기처럼, 두 명의 수련자는 어깨를 나란히 하고 그물을 빠져나올 방책을 궁리했다.

긴말을 주고받지 않아도 나와 D는 사이드 컨트롤 이스케이프가 얼마나 어려운지에 격하게 공감했다. "해도 해도 안 되는 네 마음을 내가 알아", "그래도 정말 하고 싶지? 나도 그래", "이번에 안 되면 다음에라도 꼭 해보자."
라며 구구절절 이야기를 나누지는 않는다. 굳이 그럴 필요
가 없다. 어깨를 나란히 하고 벌겋게 달아오른 얼굴의 열
기를 식히며 체육관 구석에 쪼그리고 앉아 있다 보면 서로
의 마음을 알게 된다.

나와 D는 서로를 잘 모른다. 갈등이 있어본 적도 없고
앞으로도 그럴 일이 별로 없다. 느슨한 관계이기에 가능하
다. 느슨한 관계에는 소통을 방해하는 해묵은 오해와 원망
이 없다. 서로의 단점을 너무 잘 아는 가족, 이해관계가 첨
예한 직장동료처럼 팽팽한 관계라면 있을 수 없는 빈 공간
이 둘 사이에 있다. 여유롭고 평화롭다.

그렇다고 D와 데면데면하다고 할 수도 없다. 팔다리를
붙잡고 바닥을 구르다 보니 낯선 사이에서 느껴지는 어색
함은 찾아볼 수가 없다.

분석심리학의 창시자 융은 온전한 나와 온전한 네가 만
나 이야기하는 관계에서 마음의 치유가 일어난다고 했다.
그런 면에서 느슨한 관계는 온전하지 않다. 심리학자나 정
신과 의사들이 말하는 의식과 무의식이 오고 가는 치유적

인 관계가 되기에는 턱없이 모자란다. 하지만 짧은 시간 잠시 마음을 나누기에는 충분하다.

소통이 시대의 화두가 되어버린 것은, 누구나 쉽게 말과 글로 자기 생각을 인터넷과 SNS를 통해 전할 수 있는 시대에 살고 있지만 그 어느 때보다 불통의 시대를 살기 때문이다. 소통을 치유의 시작이라고 한다. 계층 간의 소통, 보수와 진보 간의 거창한 소통을 말하려는 게 아니다. 한 사람의 절실함과 진실함을 고스란히 알아줄 한 사람을 기대할 뿐인데, 그 단 한 명을 찾지 못해 단절의 괴로움을 느끼는 사람들이 얼마나 많은가.

운동 이름이 이상하네, 점잖지 못하네, 심지어 '네가 그 운동하는 건 비밀로 해줄게'라며 직간접적으로 주짓수를 타박하는 지인들을 잠시 떠난다. 이곳에는 내가 아끼는 것을 나만큼 아끼는 사람들이 있다. 느슨한 관계에서도 우리는 마음을 나누고 쉼을 얻는다.

이스케이프,
다시 돌아오기 위한
역전의 기술

Escape. 탈출이란 뜻이다. 탈출을 꿈꾸지 않는 사람이 어디 있을까? 흘끔흘끔 모니터를 들여다보는 회사 동료의 시선, 퇴근 후에도 업무를 지시하는 상사의 문자 메시지, 지워도 지워도 터져나갈 듯 차오르는 메일함으로부터 탈출을 꿈꾼다. 아무리 흔들어도 꿈쩍 않는 바위같이 묵묵한 사람도 마음속 한구석에는 탈출에 대한 갈망이 있다.

탈출을 꿈꾸지만 꿈만 꿀 뿐이다. 현실은 냉정하고 책임을 피하기에는 내 낯짝이 너무 얇다. 탈출은 매력적인 단어지만 또 그만큼 김빠지는 단어이기도 하다. 결국 포기하는 것 아니냐는 질문에 말문이 막히고, 탈출하고 나면 무엇을 할 것인지 생각하면 머리가 더 지끈거린다.

하지만 주짓수에서 탈출이란 다른 의미이다. 벗어남을 위한 벗어남이 아니다. 주짓수의 이스케이프는 다시 돌아와 상대와 겨루기 위한 역전의 기술이다. 그래서일까? 수련 시간에 가볍게 툭 던지는 사범님의 이야기가 예사롭지 않게 들렸다.

"약한 사람이 강한 사람을 이기려면 이스케이프를 할 수 있어야 해요."

주짓수에서 이스케이프는 상대방 공격에서 벗어나는 움직임을 통틀어 말한다. 마운트 이스케이프, 사이드 컨트롤 이스케이프, 클로즈드 가드 이스케이프, 백 마운트 이스케이프. 이 모든 이스케이프 기술은 불리한 상황을 뒤집는 역전의 기술이다. 역전을 가능하게 하는 이스케이프 기술의 비밀은 그라운드에 있다. 그라운드의 단단한 지면과 중력의 힘을 이용하면 내 몸에서 만들어내는 것보다 훨씬 더 큰 힘을 만들어낼 수 있다.

주짓수는 유도, 레슬링처럼 상대를 맞잡고 싸우는 비슷한 운동 중에서도 가장 바닥에 붙어서 움직인다. 바닥에 붙어 움직이니 움직임이 화려하지 않고 단조로워 보인다며 재미없다는 사람도 있다. 타격이 있는 격투를 좋아하는 타격 마니아 입장에서 주짓수는 들어가야 할 것이 덜 들어간 양금 빠진 팥빵처럼 보일 수도 있다.

하나를 쓰지 못하면 다른 하나가 발달한다는 말이 있다. 주짓수도 마찬가지다. 타격이 없는 대신 몸을 낮게 움직이면서 발달하는 능력이 있는데 바로 바닥, 그라운드의 힘을 이용할 수 있게 되는 것이다.

상대방이 내 가슴 위에 올라타고 있는 자세에서 빠져나오는 마운트 이스케이프 기술을 보자. 뒤통수에서부터 엉덩이까지 바닥에 딱 붙인 채 꼼짝없이 상대에게 상체를 가격당할 것 같아 보이지만, 발바닥으로 바닥을 밀어내는 힘으로 상체를 튕겨내면 무게가 많이 나가는 상대도 중심이 흔들린다.

이렇게 지면을 밀어내는 힘으로 상대를 밀어내는 경험이 쌓이다 보면 그라운드를 믿게 된다. 그라운드를 믿으면 절대적으로 불리한 상황이 닥쳐도 덜 당황한다. 한눈에 보기에도 어렵겠다 싶은 센 상대를 만나도 평정심을 잃지 않을 수 있다.

그라운드의 힘을 경험하려면 우선 바닥으로 내려와야

한다. 꼿꼿이 서서는 그 힘이 무엇인지 감을 잡을 수 없다. 바닥에 깔리는 것을 창피하게 생각하지 않아야 한다. 폼은 덜 나지만 낮은 곳에 머물러야만 힘이 길러진다. 그라운드에 가까울수록 그 힘을 잘 쓸 수 있다.

주저앉은 채로도 공격과 수비를 해내는 것이 주짓수다. 상대를 붙잡고 경기를 할 때 몸이 바닥에 닿으면 안정감이 느껴진다. 불리한 상황에서 허우적거리다가도 몸이 바닥에 닿으면 역전의 기회로 삼을 수 있다. 처음에는 아무것도 못하고 시간을 흘려보내야 할 때도 있다. 배밀이를 배우는 갓난아이처럼 꿈틀거리기만 할 때도 있다. 그라운드에 내려왔다면 서둘러 성과를 내려고 조바심을 내지 않는다.

서로를 붙잡고 이리 구르고 저리 구른다. 한동안은 셀 수 없이 항복만 한다. 그러다가 서로 한두 번씩 항복도 주고받을 때쯤이 되면 그라운드의 힘이 내 안으로 스며들어 온다. 방바닥에 대고 배밀이를 하던 아이가 몸을 뒤집고 상체를 세워 결국에는 두 다리로 걷는 것처럼 역전의 기술, 이스케이프 실력도 서서히 쌓여간다.

스파링
5

포기가 아니라
선택한 거야

1승도 1패도
나 혼자의 것이다

주짓수는 제로섬 게임이다. 누군가 1승을 하면 누군가는
1패를 한다. 승리의 숫자만큼 패배가 존재하는 곳이기에
체육관은 승리를 연습하기에도 패배를 연습하기에도 좋
은 곳이다.

 승자에게 승리감을 가져다주는 제로섬 게임은 승부욕이
있는 사람에게는 매혹적이다. 승부욕이 강한 사람은 지는
것이 싫다. 지지 않으려고 열심히 하고, 열심히 하니 잘하
게 된다. 그런데 승패에 민감하면 탈이 난다. 이런 사람은
비슷하게 수련을 시작한 동료들보다 뒤처지거나 자기보다
낮은 띠의 수련생에게 탭을 치면 마음을 다스리기 어렵다.

어느 날 눈빛이 서늘한 브라운 벨트 선배와 스파링을 하게 되었다. 선배는 두 팔을 창처럼 앞으로 길게 빼고서는 내가 다가가는 것을 견제했다. 연습 스파링이지만 조금도 틈을 내주지 않았다. 흰 띠에 그랄이 세 개 감기고 나서부터였던 것 같다. 스파링 시간이 되면 예전과 다르게 바짝 긴장이 되었다. 파트너들이 더는 나를 초보자 대하듯이 봐주지 않았다. 이젠 정말 맞서 싸우는 느낌이 든다.

맞서는 것이 두려웠던 때도 있었다. 혼자서 두 아이를 데리고 마주한 세상은 차갑고 거칠었다. 정확히 말하면 내 마음속이 그랬다. 세상으로 나가는 것이 두려웠다. 누군가의 뒤에 숨고 싶은데 나를 대신할 사람도, 도와줄 사람도 없었다. 벌거벗고 물속에 빠진 것처럼 절박했고, 맨발로 가시밭길을 걷는 것 같았다.

친구나 가족에게 기대지 못한 것은 못 미더워서가 아니었다. 나도 바라보기 힘든 나를 봐달라고 할 자신이 없어서였다. 실패했다는 좌절감과 다시 돌이키지 못한다는 무력감에 빠진 내가 부끄러워 나에게 도움을 줄 수 있는 모든 사람과 연락을 끊었다.

더 이상 이혼이 흠이 아닌 시대라지만 어려서부터 누군가의 걱정거리가 되어본 적이 없던 나에게 이혼은 대참사요, 대재앙이었다. 하얀색 실크 블라우스에 시꺼먼 잉크가 튄 것을 바라보는 것 같았다. 결혼의 실패가 인생의 실패는 아닌데, 내 인생 전체가 갖다 버려야 할 실크 블라우스 같았다.

혼자서 잘하던 사람이 무너질 때 크게 무너지는 경우가 있다. 필요할 때 도움을 받지 못해서 그렇다. 남에게 아쉬운 소리를 못 해서기도 하고, 주변 사람도 이 사람을 도와야 한다고 생각하지 못한다. 받는 사람도 어색하고 주는 사람도 어색해서 위기에 처한 사람이 고립되는 경우가 있다. 나도 그랬다. 불행 중 다행인 것은 그 위험성을 알고 전문가의 도움을 받았다는 거다.

일주일에 한 번씩 찾아가는 심리상담실은 유일하게 속마음을 드러낼 수 있는 곳이었다. 아무에게도 보여주지 못한 속마음을 벼룩시장에 좌판 깔듯 늘어놓았다.

"자신이 없어요. 혼자서 어떻게 애들 둘을 키워요. 상담으로는 돈도 많이 못 버는데. 저 이제 어떻게 해요? 사춘기 아이는 벌써 감당이 안 돼요."

몇 마디 하지도 않았는데 서러움에 북받쳤다.

"저랑 아이들을 돌봐줄 괜찮은 남자가 어디 없을까요?"

대책 없이 한마디 던져놓고 꺼이꺼이 우는 나를 한참 보다가 상담사 선생님이 입을 열었다.

"그런 사람이 어디 있어요."

담담하게 전하는 한마디. 그러고는 아무 말이 없었다. 맞는 말만 하는 상담사 선생님이 미워졌다. 그 말을 듣고 세 살 난 아이처럼 더 큰 소리를 내며 울었다. 선생님은 우는 나를 묵묵히 버텨주었다. 그렇게 몇 분을 울고 나니 속이 시원했다.

'나를 구원할 누군가가 나타나기를 기다리는 건 헛된 희망이야.'

희망이라 믿었던 망상이 녹아내렸다.

그즈음 꿈을 하나 꾸었다. 꿈을 깨고 며칠이 지나도 생생하게 기억이 났다. 꿈의 내용은 기억이 나는데 꿈의 의미가 무엇인지 알 수가 없었다. 꿈에 관한 공부를 하면서 꿈을 기록하고 나름대로 분석해왔는데, 이 꿈은 무엇인지 도대체 알 수가 없었다. 상담실에 가져가 꿈 이야기를 했다.

혼자서 산길을 하염없이 걸어요. 저는 산보다 바다

를 좋아하는데 왜 산에 있을까 싶어요. 버스가 서 있어서 버스를 탔는데 학창시절 친구들이 타고 있어요. 친구들이랑 같이 있어서 즐겁기도 하지만 마음이 불편하고 어디론가 가야 할 것 같아요. 타고 가던 버스에서 내려서 한참 숲길을 걸어갔는데 바다로 통하는 낭떠러지가 있어. 위험해 보이지만 그곳으로 가야 할 것 같아서 조심조심 발걸음을 옮겨 안전한 곳을 찾았어요. 수평선 멀리 바다를 보는데 바다가 푸르고 바닷바람이 시원해요. 갑자기 바다 한가운데 물살이 솟구치는데 폭포가 거꾸로 쏟아지는 것처럼 큰 물줄기가 펼쳐져요. 물줄기가 보석 가루처럼 흩어져요. 그 가운데에서 고래 한 마리가 튀어 올라왔어요. 너무 반가워요.

꿈 이야기를 하고 걱정스러운 마음에 한마디를 덧붙였다.
"선생님, 제가 아이들을 돌보고 싶지 않아서, 여기저기 떠나고 싶어서 꾼 꿈일까요?"
선생님은 잠시 생각에 머물다 미소를 짓는 듯 마는 듯하며 입을 뗐다.

"고래는 모성을 상징해요. 제일 큰 젖먹이 동물이잖아요. 블루 씨의 모성이 바다 밑에서 솟아난 것 같은데요. 아이들을 키우는 것이 두렵고 겁나서 도망가고 싶었는지 모르지만, 방금 말했듯이 블루 씨의 모성과 반가운 만남을 한 것 같아요."

내가 이 분석을 받으려고 백 번에 가깝게 상담을 했구나 싶을 정도로 감격스러웠다. 선생님의 분석을 듣자 신기하게 염려가 사라졌다. 끓는점이 되기 전까지는 아무렇지 않다가 끓는점에 도달하면 부글대며 끓어대는 액체처럼 선생님의 이야기 하나로 자신감이 끓어올랐다.

나를 지키고 가족을 지키는 것이 무엇보다 우선이요, 그것은 지금 나만이 할 수 있다는 생각이 또렷해졌다. 이혼이 결혼의 실패라는 것은 부정할 수 없다. 하지만 하나의 실패 앞에 주저앉아 있을 수만은 없다. 누군가의 뒤에 숨고 싶은 마음, 누군가의 어깨를 빌려 기대고 싶은 마음을 내려놓았다. 그러자 망망대해 푸른 바다에서 어미 고래가 튀어나오듯 겁먹고 있던 마음속에도 모성이 튀어나왔다.

오롯이 홀로 설 수 있게 되었다. 이제는 두려움도, 슬픔도, 원망도 내가 홀로 서는 것을 막지 못한다.

강한 상대와 싸우면
강해지는 이유

"내담자랑 스파링을 너무 안 하시네요. 조금 더 적극적으로 해주셔야겠어요."

상담 공부를 하는 수련생이 상담 전문가들에게 지도를 받는 수퍼비전 시간. 일대일로 만나는 도제식 수업이다. 지도해주는 사람을 수퍼바이저라 부르고, 지도받는 사람을 수퍼바이지라 한다.

수퍼바이저 선생님은 나의 상담 내용이 만족스럽지 않으신가 보다. 내담자와 상담자가 주고받은 대화 내용을 지도받다 보면 내담자의 마음뿐 아니라 상담자의 마음도 고스란히 드러난다. 그날의 컨디션, 불필요하고 적절하지 못한 반응은 물론 해결되지 않은 상담사의 문제까지 다루는 것이 수퍼비전이다.

초보 수련생일 때는 상담지도를 받은 날 밤에는 잠을 잘수가 없었다. 수퍼바이저 선생님이 해준 말이 귓속에 하루종일 맴돌면서 이렇게 모자라고 못난 마음으로 어떻게 다른 마음을 치료하나 싶고, 왜 나한테만 이렇게 심하게 말씀하시나 싶기도 했다. 그래서 수퍼비전을 견디지 못하고 수련을 그만두는 수련생도 꽤 많다.

밤잠을 설치게 하던 수퍼비전이지만 이것도 받다 보니 무뎌지기 시작했다. 오히려 수퍼비전 받는 날이 설레기도 했다. 오랜만에 받는 지도라서 오늘은 무슨 이야기를 해주실까 기대가 앞섰다. 선생님은 첫 마디에 '스파링'이라는 단어를 썼다. 주짓수를 하고 있다고 말씀드리지 않았는데. 나에게는 익숙한 단어지만 상담실에서 듣고 있자니 피식 웃음이 나오려 했다. 선생님이 말을 이어갔다.

"내담자의 문제는 무엇인가요?"

"아버지의 죽음에서 벗어나고 있지 못하는 거죠. 벌써 돌아가신 지 수년이 지났는데 그때의 슬픔에 머물러 있고,

세상을 탓하고만 있어요. 도와줄 생각도 능력도 없는 사람들을 붙잡고 질리게 만들고 있고요."

"잘 알고 있는데 내담자에게 전달을 못 하고 있네요."

"네, 있는 그대로 이야기해주면 힘들어 할 것 같아요."

선생님은 답답하다는 듯이 잠시 말을 멈추었다 다시 입을 열었다.

"선생님, 선생님도 상담받아봤죠. 상담사가 할 말을 하지 못하고 그냥 가만히만 있으면 어떻게 되겠어요."

"내담자의 문제는 해결되지 않겠죠."

"그런데 왜 가만히 있어요."

"상담받는 게 너무 힘들었어요. 상담사 선생님들이 해주는 이야기, 내 모습을 보는 것이 고통스러웠거든요."

"고통스럽기만 하던가요?"

"아니요. 고통스럽기는 해도 나중에는 받아들이게 되죠."

"선생님은 할 수 있었는데 내담자는 못 할 거라고 생각하는 거예요?"

"아….”

나는 할 수 있으면서 남은 못 한다고 생각하는 것, 뿌리 깊은 자기애. 오래 상담하고 자기분석을 해도 불쑥불쑥 올라오는 나의 나르시시즘이 상담을 방해하고 있었다. 돌아가신 아버지를 그리워하는 내담자의 모습에 내 모습이 겹쳐지는 것도 치료에 방해가 되고 있었다.

수퍼바이저 선생님은 강한 스파링 파트너가 되어주었다. 나는 버텨냈으면서 내담자는 버텨내지 못할 거라며 내담자를 믿지 못하는 나를 볼 수 있게 되었다. 선생님이 가감 없이 드러내준 것을 나는 받아들였고, 또 그만큼 성장했다.

강한 상대와 싸우면 최선을 다해도 이길 수 없다. 내가 약한 부분, 잘못하고 있는 부분이 고스란히 드러난다. 서브미션으로 이기는 짜릿함도 얻기 힘들다. 그럼에도 강한 상대와 싸우는 데는 유익이 있다.

첫째, 나보다 기량이 월등한 사람과 스파링을 하면 내가 할 수 있는 최대치의 역량을 발휘하게 된다. 가장 큰 힘으로, 가장 빠르게, 가장 자신 있는 기술을 쓰게 된다. 강한 상대와 맞서면 내 안의 강인함이 최고로 끌어올려진다. 나의 최고 역량을 확인하는 데 이만한 것이 없다.

둘째, 움직임에 대한 조언을 들을 수 있다. 더 강하고 더 많이 수련한 사람은 더 크게 보고 느낀다. 팔 한 번만 뒤로 돌리면 되는데 앞으로만 죽어라고 밀고 있지 않은지, 왼쪽으로 굴러야 하는데 오른쪽으로 구르고 있지 않은지를 그들은 안다. 나와 맞서 싸운 이의 조언 한마디는 세계 최강 챔피언의 튜토리얼 영상을 눈 빠지게 보는 것보다 도움이 된다.

강한 상대에 맞서서 버티면 근육이 자란다. 버티면서 고민 끝에 찾은 답은 오래 기억된다. 힘이 길러지고 문제 해결 능력도 늘어난다. 나보다 강한 상대와 싸우면 싸울수록 힘과 기술이 자란다. 강한 상대와 맞서서 평상시에는 쓰지 않을 법한 힘을 쓰기도 하고, 있는 힘을 다 짜내 지치고 탈진할 것 같기도 하다. 하지만 바로 그때 조금 더 강해질 수 있는 능력이 생긴다.

강한 사람과 싸워야 강해진다는 것은 상담실에서도 적용된다. 상담사는 내담자가 할 수 있는 것을 해내도록 도와주어야 한다. 이 정도는 감당할 수 있겠다 싶으면 꺼내놓기도 하고, 보고 싶지 않은 모습을 보게 해주어야 한다. 내담자가 많이 약할 때는 그에 맞추어 더 다치지 않도록 세심하게 배려도 해주어야 한다. 상담실에 갔다가 상처만 입고 왔다는 사람들은 상태에 맞지 않는 독한 처방, 독한 치료를 받아서인 경우가 많다.

다친 몸을 재활할 때, 그 몸이 감당할 수 있는 만큼의 강도에 해당하는 운동 처방이 주어진다. 쉽지 않지만 그렇다고 절대로 해내지 못할 정도는 아니다.

어깨 수술을 하고 재활하는 사람을 본 적이 있다. 팔을 굽혔다 펴는 동작을 수십 회 반복하는데 처음에는 허공에 대고 하고, 그다음에는 하중을 느끼면서 같은 동작을 반복한다. 처음에는 절대로 밀리지 않는 벽을 밀어내는 것 같은 무게로 느껴지는데, 동작이 익숙해지면 능숙하게 해내게 된다. 그때 재활치료사가 그 모습을 지켜보면 치료가 한결 안전하고 빨라진다. 재활치료사는 근육을 뒤틀면서 쓰고 있지는 않은지, 정확한 각도로 밀어내는지, 충분히 움직이고 있는지를 점검한다.

마음을 치료할 때도 그렇다. 너무 부드럽고 따뜻하게만 대하면 치료가 되지 않고, 너무 독한 치료를 하면 마음이 더 다친다. 세심하게 신중히 살피며 대할 때 다친 마음, 약한 마음이 회복된다.

기대해야
문이 열리나니

"속도나 힘으로 하는 것은 오래가지 못해요. 기술과 압박으로 이겨야 해요."

관장님이 느릿느릿한 말투로 말끝에 힘을 주어 이야기한다. 중요한 이야기를 할 때 관장님은 말 속도가 느려진다. 목에 스카프를 감는 것처럼 상대방 목둘레를 감는다고 해서 영어로는 스카프 홀드scarf hold라고 부르는 곁누르기를 배우는 시간이다.

곁누르기는 누워 있는 사람 목 뒤에 팔을 둘러 감은 후 상대방 갈비뼈 위에 내 갈비뼈를 맞추어 대고 무게 중심을 맞추어 누르는 기술이다. 제대로 걸리면 가슴 위로 쏟아지는 무게 때문에 '탭'이라는 말이 제대로 튀어나오지 못할 정도로 가슴이 짜부라드는 것 같은 높은 압력이 가해진다.

곁누르기 수업 날, 수련생들은 꺾기나 조르기 기술을 쓰지 않아도 탭을 받아낼 수 있는 이 기술에 관심을 보였다. 나 역시 압박만으로 상대를 이길 수 있는 점이 흥미로웠다.

사범님의 기술 시범이 끝나고 직접 연습을 해보는 시간이었다. 내가 먼저 누워 있는 수련생 갈비뼈 부분에 상체를 기대고 사범님이 보여준 기술을 흉내 내보았다. 이쯤일까, 아니면 이쯤일까 조금씩 팔과 다리의 각도를 달리해보았다. 목을 둘러 감은 팔과 다리 사이와 상대방 몸 사이에 공간이 없어지는 순간, 내 체중의 무게 중심이 상대방 가슴 위에 실리자 누워 있는 사람 입에서 헉 소리가 났다. 상대가 탭을 쳤다.

역할을 바꾸어 내가 기술이 걸릴 차례였다. 갈비뼈를 마주 댄 채 체중이 실릴 때까지는 이 정도는 버틸만하지 싶었다. 상대 팔다리로 내 목에 스카프가 감기자, 이래서 꺾기나 조르기가 필요 없구나 싶을 정도의 무게가 가슴 위로 쏟아졌다.

말 그대로 헉 소리 나는 곁누르기 수업이 끝났다. 조금

전까지만 해도 얼굴은 터져나갈 것 같고, 갈비뼈가 으스러질 것 같았다. 그런데 탭을 치고 가슴 위를 누르던 압박이 사라지자 언제 그런 일이 있었냐는 듯 말짱하다. 터질 것 같이 빨리 뛰던 심장도, 빨라졌던 호흡도 점차 제 박자를 찾았다. 갈비뼈 위를 누르던 체중의 묵직함이 아직 남아 있었다. 잘 버틴 내 가슴 그리고 내 심장이 대견했다.

허무할 정도로 약한 것이 사람이라고 하지만 또 사람의 회복력은 얼마나 대단한가. 구멍으로 피가 새서 피떡이 생겨 자칫하다가 죽을 수도 있는 기형이 있는 심장이었다. 심장에 난 구멍을 메운다며 자르고 쪼갰던 가슴 아닌가.

구멍을 메우고 벌어졌던 가슴을 닫으니 새살이 돋고 뼈가 붙었다. 살아서 숨만 쉬고 있어도 장한 생명인데 내 심장과 가슴은 그로부터 40년이 지난 지금, 나보다 40kg은 더 나가는 장정들과의 격투도 버텨내고 있다.

내 심장과 가슴은 어떻게 이렇게 잘 회복될 수 있었을까? 뛰어난 전문가 덕분이었다. 난 세브란스 병원 흉부외과의 홍승록 교수님에게 수술을 받았다. 나는 사람 이름을 잘 기억하지 못해서 초등학교 담임선생님이나 짝꿍 이름도 잊어버렸지만, 내 심장 수술을 집도하신 분의 성함은 또렷이 기억한다.

홍 교수님은 우리나라 흉부외과 발전에 공헌하신 분이라고 한다. 흉부외과와 외과가 분리되지 않았던 시절에 흉부외과 독립에도 크게 기여했고, 정확한 진단과 완벽한 수술을 해내는 것으로 후배들에게 존경받는 분이셨다고 한다. 지금은 고인이 되셨지만 그런 훌륭한 치료자에게 치료를 받을 수 있었던 것이 얼마나 다행인가.

성공적인 수술과 함께 나의 성공적인 회복에는 부모님의 공이 컸다. 수술을 받고 나서 한동안 노심초사 나를 지켜보던 부모님은 의사 선생님에게 "이제는 다른 아이들처럼 똑같이 키워도 됩니다."라는 말을 듣고서는 조금도 지체 없이 나를 다른 아이들처럼 키우셨다.

부모님은 나를 지극히 정상적이고 건강한 아이로 생각했다. 갑자기 변한 부모님의 태도에 처음에는 '너무해. 예전처럼 특별대우 받고 싶은데.'라는 생각이 들기도 했지만 점차 나도 나를 정상으로 여기기 시작했다. 무엇을 도전하거나 성취하는 데 겁을 내지 않았다.

만약 부모님이 "어디 저거 사람 구실이나 하겠어", "가슴에 커다랗게 수술 자국이 있는데 시집이나 가겠어"라는 말을 한 번이라도 했다면 내 인생은 지금과는 많이 달라졌을지도 모른다. 집도의가 완벽한 수술을 목표로 했기 때문에 완벽한 수술을 할 수 있었다. 불가능한 일이라도 기대가 있을 때 가능성의 문이 열린다.

구멍 난 심장이 완벽히 메워지듯, 구멍 난 마음에도 새살이 차올랐다. 나는 우울증을 치료하기 위한 노력을 포기하지 않았다. 첫 번째 심리상담은 실망스러웠지만, 그 후로 세 명의 상담사와 두 명의 정신과 전문의를 더 만났다. 200번이 넘는 심리치료를 받았고 처방받은 약을 먹었다. 좋아질 수 있는 것이라면 무엇이든 해보았다.

실망스러운 치료도 있었지만 홍 교수님처럼 생명의 은인으로 생각하는 좋은 분들도 만났다. 쪼개졌던 가슴이 겹누르기의 압박을 버텨내듯, 내 마음도 세상의 무게를 버텨냈다.

이제 몸은 가볍고 머리는 맑다. 가슴 위에 남아 있는 30cm의 수술 자국을 볼 때처럼 가끔은 우울의 느낌이 살아나기도 하지만 괜찮다. 아무리 눌러대도 내 심장은 멀쩡하고 내 마음은 단단하다.

오르기를 멈추고
내려와 쉴 때
채워지는 것들

인정욕구가 강한 사람은 남과 비슷한 것을 견디지 못한다. 평범한 것, 무난한 것을 참지 못한다. 사람들 눈에 잘 띄고 우러러 보이는 높은 곳을 차지해야 직성이 풀린다. E가 그런 사람이었다. 선배의 직장동료 소개로 E와 우연히 식사 자리를 같이했는데, 내가 심리상담사라는 말에 관심을 보였다. 궁금한 것이 있다면서 연락을 해와 따로 한 번 더 보았다.

"부족한 게 없는데 마음이 공허해요. 이게 자존감 문제라는데 맞나요?"

그녀는 다급함 때문인지 나를 보자마자 속마음을 털어놓았다. E는 유복한 집에서 태어나 자신보다 더 유복한 배우자를 만나 자녀 둘을 두었다. 자녀들은 모두 미국서 공부하고 있다고 했다. 부모님이 물려준 사업체 사장이자 빌딩주, 말 그대로 금수저였다. 가진 것으로만 보면 어디 가서 빠질 것이 없는 그녀의 자존감이 금수저가 아니었다.

스트레스 받으면 무얼 하느냐고 물었더니, 백화점 명품관에서 쇼핑을 한단다. 최근에는 무엇을 샀냐고 물었더니 마음에 드는 목걸이가 있어서 오랜만에 쥬얼리 쇼핑을 했다고 한다. 별 감흥 없는 듯 말하지만 E에게 쇼핑은 중요해 보였다. 아무나 갈 수 없는 공간에 가서, 아무나 볼 수 없는 물건을 보고, 아무나 낼 수 없는 큰돈을 들여 고가의 물건을 사 오면 자신이 아무나가 아니라는 믿음이 생긴다고 말하는 것처럼 들렸다.

있는 사람은 돈을 쓰는 것이 맞다며 E의 쇼핑에 참견하지 않던 남편이 최근 들어 명품쇼핑에 잔소리를 시작했단다. 그 정도면 중독 아니냐는 말에 마음이 상했는데, 자신이 정말 비정상이냐고 물었다. 이런 자리에서 할 이야기는 아닌 것 같다고 대답하며 나는 왜 병원이나 상담실에 가지 않느냐고 물었다. 어떤 치료사를 만날지 알 수 없기 때문이란다. 지난번 선배와 함께한 식사 자리에서 나를 관찰

하고 있었구나 싶었다. 속을 터놓고 싶은 사람인지 아닌지 살펴보고 있었던 것이다.

E의 주변에는 사람이 많았다. 골프 모임, 모교 동창회, 만나서 즐겁게 지낼 사람이 차고 넘쳤다. 하지만 속을 털어놓고 지내는 사람은 없었다. 남편의 잔소리가 힘든 거냐고 물었더니, 그보다는 무언가 잘못된 것 같은 느낌과 가끔 찾아오는 이유를 알 수 없는 초조함 때문이라고 했다.

그녀에게는 완벽한 모습을 보여야 한다는 강박이 있었다. 자기가 원하는 것이 무엇인지 잘 모르지만 특별해지고 싶다는 욕망은 강렬했고, 그 욕망은 겉으로 드러나는 모습의 완벽함을 추구하는 것으로 나타나는 것 같았다. 백화점 명품관은 그녀가 원하는 것을 채워주었다.

"품위유지도 해야 하니까요."

이렇게 말하지만 E가 명품관에서 쓰는 돈은 품위 유지비가 아니라 자존감 유지비용이었다. 고비용 저효율 유지 시스템으로 자존감을 유지하고 있으니, 무언가 잘못되었다는 생각이 드는 것이 당연하겠다 싶었다.

"스트레스를 받으면 무얼 하세요?"

이번에는 E가 나에게 물었다. 주짓수라는 운동을 하고 있고, 체육관에 나가면 기분이 좋아진다고 했다. 아는 얼굴들을 만나고, 잘은 못해도 기술이 조금씩 늘고, 땀도 많이 흘리고 오는 것이 좋다고. 한 달에 드는 비용은 체육관 비용과 도복 비용을 다 합쳐도 20만 원이 넘지 않는다고 혹시나 싶어 덧붙여 말해줬다.

주짓수를 하면 뭐가 가장 좋으냐고 묻기에, 나도 남들처럼 똑같은 사람이고 그날 잘하거나 못하거나 상관없이 '나는 그냥 나구나' 싶은 것을 알아서 좋다고 했다. 무슨 말인지 알 것 같다는 대답을 하면서 주짓수는 엄두가 안 나지만 자신에게 운동이 필요한 것에 동의했다.

"무슨 운동 하시려고요?"

그녀가 하게 될 운동이 궁금해졌다.

"친구가 다니는 호텔 피트니스센터에 등록할까 해요. 예전부터 생각은 했었죠."

E가 말하는 곳은 연회비만 수천만 원에 달하는 곳이었다. 운동을 시작하려면 몇천만 원은 깨지겠구나 싶었다. 이런 자리에서 아무리 무슨 말을 해도 그녀에게 도움이 되지 않겠다는 생각도 들었다. 남보다 화려하고 우월한 겉모

습으로 감추고 있는 공허함의 깊이가 느껴졌다. 정식으로 상담을 받아보는 것이 어떠냐고 했다. 생각해보고 연락을 주겠다는 그녀에게서 다시는 연락이 오지 않았다.

E를 만나고 돌아와 체육관에 갔다. 답답함과 먹먹함을 털어내고 싶어서였다. E의 모습은 낯선 모습이 아니다. 그녀의 모습에서 10년 전 백화점 명품관을 기웃거리던 30대의 내가 오버랩되었다. 그녀나 나나 무엇이 다를까? 아닌 줄 알면서도 명품관으로 향하는 발걸음, 그것 또한 허한 속을 채워보려는 노력 아니었던가. 끝없이 높은 곳으로 오르려고 안간힘을 쓰던 나를 어찌 잊을 수 있을까. 상담실도 아닌 곳에서 마치 그녀보다 인생을 더 잘 아는 것처럼, 무언가를 깨달은 것처럼 굴었던 것이 아닌가 싶었다.

한 시간 수련을 마치고 나니 온몸의 땀구멍에서 땀방울이 솟아났다. 거칠어진 호흡에 심장이 튀어나올 것 같았다. 한쪽 구석을 차지하고 털썩 주저앉으니 땀이 비 오듯 흘렀다. 체육관에서 누워서 쉬려면 누울 자리를 잘 보아야 한다. 아무 데나 누워 있다가는 스파링하다 굴러오는 동료 몸에 깔릴 수 있다. 자기 자리는 자기가 챙겨야 한다. 누가 대신 챙겨주지 않는다.

대자로 몸을 쭉 뻗는다. 오르기를 멈추고 내려와 쉴 때 온몸 가득 채워지는 에너지를 느낀다.

건너편에서 들리는 사범님과 동료의 목소리에 마음이 편하다. 무어라 하는지는 몰라도 간혹 터지는 웃음소리로 즐거운 이야기를 하고 있구나 짐작한다. 카페에서 나는 백색소음이 사람을 편하게 한다는데 체육관의 웅성거림도 그렇다.

웅성거림을 만들고 있는 사람들이나 나나 모두 매트 위에 있다. 누가 더 특별하지도 덜 특별하지도 않다. 모두 특별한 사람들이다. 누구 하나만 특별하지 않다.

포근한 웅성거림에 둘러싸여 힘을 더 빼보았다. 호흡과 심장 박동이 온전히 제 박자를 찾아가면 그라운드에 펼쳐진 기운이 내 안으로 스며든다. 내 안에 굳세고 변함없는 든든함이 가득하다. 온전한 호흡을 되찾은 나는 온전한 내가 된다. 누구보다 더 낫지 않아도, 누구보다 더 많이 갖지 않아도 나는 내가 될 수 있다. 나의 호흡과 심장 박동만으로 나는 내가 되었다.

사람을 사람으로만 보게 되니
겁나지 않아

"남자랑 스파링하면 불편하지 않아?"

"뭐가?"

"요즘 세상이 어떤 세상이야. 사무실에서 일하다가 잘못 쳐다보기만 해도 성희롱이다 뭐다 난리가 나는데 그게 보통 운동이니. 잡아당기고 넘어뜨리고 깔고 앉고 그러는데 불편하지 않아?"

사리 분별 정확하고 매사에 똑 부러지는 십년지기 친구는 내가 주짓수를 하는 것만큼 주짓수라는 운동 자체를 놀라워했다.

"불편할 때도 있지."

"그런데 다들 아무 말도 안 해?"

"아무 말도 안 해."

"아니 왜?"

"불편한 사람들은 그만둘 것이고 계속하는 사람들은 더 중요한 게 있으니까."

"뭐를 위해서?"

"주짓수를 위해서지 뭐겠어."

이성과 스파링을 하려고 주짓수 체육관에 가보겠다는 글을 인터넷 게시판에서 본 적이 있다. 이런 글은 이성과 스파링하는 것이 매력적인 것처럼 오해할 수 있게 만든다. 실제로 수련자 입장에서 신체접촉은 매력적이기보다는 극복해야 하는 어려움이다.

주짓수만큼 신체접촉이 많은 운동이 있을까. 직장인이라면 회사에서 성희롱 예방교육을 받아본 적이 있을 것이다. 일 년에 한 번씩 의무적으로 받게 되어 있는 성희롱 예방교육 매뉴얼에는 '이성에게 신체접촉 절대 금지'라는 내용이 있다. 매뉴얼 기준으로 보자면, 운동을 하다 보면 문제가 될 만한 신체접촉이 수도 없이 일어난다. '이건 정말 아닌데' 하는 치명적인 접촉도 본의 아니게 일어날 수 있다.

"서로 붙잡고 껴안고 바닥에 구르고 목 조르기를 남자와도 하나요?"라는 질문에 그렇다고 대답하면 사람들은 두 가지 반응을 보인다. 좋겠다며 부러워하기도 하고, 말을 아끼지만 고개를 절레절레 흔들며 질색하기도 한다. 둘 다 수련생을 남자와 여자로 구분하기 때문에 생기는 반응이다.

심리검사 중에 그림의 한 장면을 보고 연상되는 것을 떠올려 말하는 검사가 있다. 이런 검사를 투사검사라고 한다. 떠올린 것들은 말하는 사람의 생각이고 감정이니 곧 그 사람의 마음이다.

남녀가 함께 서로의 몸에 손을 대고 있는 장면을 보면서 당신은 무엇을 상상하는가? 설레는 연애 장면, 에로틱한 장면, 소리 지르고 싸우는 장면 등이 떠오를 것이다. 사람마다 떠올리는 장면은 다르다. 주로 어떤 장면이 떠오르는지 살펴보면 그 사람이 가진 '남과 여'라는 주제에 대한 경험을 알 수 있다.

이성에게 폭행을 당한 경험이 있다면 남자와 여자가 함께 있는 장면은 가해자와 피해자로 보일 수 있다. 자기 경험에 따라 가해자는 남자가 될 수도 있고 여자가 될 수도 있다. 이성과의 경험이 에로틱한 경험밖에 없다면 그 외의 이미지가 떠오르기 어렵다.

남녀 간의 신체접촉에 유난히 설레거나 불쾌하다면 어려움이 생긴다. 이러한 어려움 때문에 수련을 그만두는 경우도 많다. 이겨야 하는 상대를 앞에 두고 감정적으로 동요된다면 이미 상대보다 불리하게 싸우게 된다.

자신과 다른 성별, 체격을 가진 사람들과 스파링 수련을 하는 목적은 다양한 상황에 맞게 기술을 적용해보기 위해서이다. 이성과 스파링 수련을 하면서 덤으로 얻는 것이 있는데, 다른 성별의 사람과 서로를 건강하고 강하게 만드는 경험을 하는 것이다. 남자와 여자를 말할 때, 사랑과 전쟁은 쉽게 떠올리면서 협력과 상생이 떠오르지 않는 것은 경험이 부족해서다.

나와 성별이 다르다는 것이 '혐오'의 이유가 되는 시대이다. 한번은 SNS에서 이런 포스팅을 본 적이 있다.

"마르고 약해 보이는 남자나 남자아이들을 보면 싸워서 이길 수 있을 것 같아요!"

주짓수를 수련하는 여자 수련생의 포스팅이었다. 수련

하면서 체력이 강해지고 공격기술을 익히니 신이 났나 보다. 별 뜻 없이 적기는 했겠지만 중요한 것을 놓치고 있구나 싶었다. 주짓수는 기술을 배워서 골목대장이 되려고 하는 운동이 아니다. 몸과 마음을 수련하는 무예라는 것을 안다면 이런 글을 올리기는 어려울 거다.

주짓수는 재미있는 운동임에는 분명하지만 즐거움만을 추구하는 레저 스포츠가 아니다. 신체적 한계를 극복하는 무술이고, 마음을 단련하는 수련의 과정이다. 도복 깃을 잡아당겨 넘어뜨리고 팔다리에 멍이 들어가며 싸우다 보면 투사가 된다. 싸움에서 살아남으려 애쓰다 보면 상대에게 로맨틱한 감정이 스며들기 어렵다. 움직임을 더할수록 이겨야겠다는 생각이 또렷해진다. 나만큼 살아남기 위해 애쓰고 있는 상대의 성별은 중요하지 않다. 상대는 자신의 한계를 극복하기 위해 노력하는 수련생일 뿐이다.

투사의 모습으로 싸우지만, 수련은 상대를 해치려는 목적이 없다. 스파링 상대는 함께 기술을 연구하고 연습하고 적용하면서 최선의 해결책을 찾아가는 동지들이다.

이성과의 스파링은 시작은 불편할 수 있지만 점차 편해진다. 내가 충분히 강해지면 이유 없이 피해자가 되어 상대를 경계하지 않아도 된다. 남자와 여자가 사람과 사람으로 마주하고 서로를 도울 수 있다. 성별에 대한 사회적 갈등과 문화적 기대에서 벗어나 남자와 여자가 사람과 사람으로 인식되는 새로운 지평이 열리게 된다.

내 안의 전사,
아니무스

"그런 운동을 하니 남자가 안 생기지. 계속 혼자 살 거야?
남자가 오다가도 도망가겠어. 혼자서 너무 애쓰지 말고 널
지켜줄 사람 만날 생각을 해. 옷도 좀 예쁘게 입고 다니고.
화장도 안 하고 운동복만 입고 다니잖아. 괜찮다 싶은 사
람 만나면 결혼도 해야지."

아끼는 마음이 있어야만 할 수 있다는 오지랖. 속상하고
화가 나도 조언이었다고 하면 할 말이 없어지는 허물없는
친구 사이. 친구 말이 완전히 틀린 것은 아니다. 친구는 내
눈치를 보더니 과했다 싶은지 얼른 입을 닫았다.

나라고 그런 마음이 없을까? 얼마 전까지만 해도 상담

실에서 펑펑 울며 나와 아이를 지켜줄 남자 타령을 하던 내가 아닌가. 모래알처럼 흩어져 사라졌으면 좋을법한 기대, 누군가가 지켜줬으면 하는 바람. 부질없는 기대와 바람은 모래알처럼 흩어지지 않는다.

모래놀이 치료라는 심리치료법이 있다. 커다란 모래상자에 사람, 동물, 사물을 상징하는 모형을 늘어놓고 모래상자 위에 펼쳐지는 마음을 살펴보며 치료하는 방법이다.

모래놀이 치료실에 들어가 맘에 끌리는 모형을 골라 모래상자 위에 펼쳐본 적이 있다. 손 가는 대로 고르다 보니 세 개의 모형이 손에 잡혔다. 하얀색 몸통에 커다란 뿔을 가진 유니콘, 커다란 앞발을 가진 시커먼 전갈, 앉아서 기관총을 쏘고 있는 전투병이었다.

세 개의 모형은 각각 보호가 필요한 대상, 그것을 공격하는 대상, 또 그 공격을 막아줄 대상을 상징하는 것 같았다. 나는 나를 스스로 보호할 자신이 없었고, 나를 지켜줄 누군가를 간절히 원하고 있었다. 아이러니한 것은 누군가의 도움을 그렇게 바란다고 하면서도, 남에게 의지하는 법은 죽을 쑤어먹을 만큼도 몰랐다. 혼자가 될 수밖에 없었겠다 싶을 정도로 남에게 기댈 줄을 몰랐다.

누군가를 의지하는 법을 배워 그 힘으로 나를 지키고 싶었지만 그 방법은 리스크가 컸다. 의지하는 데는 상대가 필요해서 내가 기대는 만큼 상대가 버텨주어야 하는데, 잘못된 상대를 골랐다 상대가 도망가면 그냥 그 자리에서 주저앉아버리는 참사를 감당해야 한다. 간신히 버티고 있는데 이런 식으로 반복하다가는 다시는 일어나지 못하겠다 싶었다. 누군가를 의지하는 법을 배우기 전에 나는 스스로 지키는 법을 먼저 배우기로 했다. 물에 빠져 허우적거리면 아무거나 잡히는 대로 잡게 되지만, 물에 떠서 헤엄쳐갈 수 있으면 얼마 안 가 부러질 나무막대기 따위는 거들떠보지 않아도 된다.

친구 말대로 주짓수를 그만두고 예쁜 옷을 입고 다니면 나를 지켜줄 든든한 남자를 만날 수 있을까? 그럴지도. 하지만 내가 원하는 것을 그만두어야 만날 수 있는 사람은 나에게 좋은 사람일까? 그럴 리가.

모래상자 위에 세워놓으면 마음이 든든할 것 같던 기관총을 가진 전투병. 누군가가 해주었으면 하던 그 역할을 내가 하기로 했다. 나는 운동을 더 열심히 했고, 그 힘으로 더 열심히 살았다.

한번은 점심시간에 회사 동료들과 밥을 먹는데 옆자리
에 있던 동료가 농담 중에 손뼉을 치며 박장대소를 하다
내 팔을 툭 하고 쳤다. 그러더니 갑자기 내 쪽으로 얼굴을
천천히 돌리며 이렇게 말했다.

"어머나, 심쿵이에요."

동료 상담사가 운동으로 잔뜩 부푼 내 팔 근육에 놀란
모양이었다. 체육관 수련 5년 차, 몸 여기저기 근육이 붙지
않은 곳이 없다. 팔다리는 물론이고 배와 허벅지에도 근육
이 붙었다. 마흔 중반을 넘어가면 몸 여기저기가 욱신거린
다는데 내 몸은 그 어느 때보다도 강하고 단단하다.

몸만 건강해진 것이 아니었다. 잠들어 있던 마음속 전사
아니무스가 깨어났나? 진짜 자기를 찾기 원하는 사람이라
면 꼭 만나야 한다는 무의식 속의 인격, 예전의 내가 아닌
내가 내 안에 있음을 느낀다. 이제는 외롭다고 울컥거리지
도 않고 넋을 놓고 슬퍼하지도 않는다.

융은 자신과 반대되는 성별의 무의식, 아니마를 '내 안
의 여인'이라고 부르며 대화를 나누었다. 하지만 나는 나

의 전사 아니무스와 대화를 나누는 신령한 재능이 없다. 그럼에도 불구하고 난 알고 있다. 사자처럼 용맹하고 누구보다도 믿음직한 나의 전사 아니무스가 흔들림 없이 나를 지키고 있는 것을.

내 몸과 마음을
지키는 법

2019년 3월 21일, 신림동 골목길에서 묻지마 폭행이 벌어
졌다. 가해자는 길가에 차를 세우고 차량을 점검하던 피
해자를 이유 없이 폭행했다. 이를 말리던 피해자 지인까지
폭행하고, 폭행을 제지하는 행인을 위협했다. 경찰에 체포
되어 지구대에 연행된 후 가해자가 중얼거리는 말이 전파
를 탔다. 가해자가 심신미약으로 형이 감면되었다는 내용
과 함께.

"나 사람 죽일 거야. 병원 가면 사람 죽일 거야. 죽이려
면 여자가 빠르겠지."

체육관에 새로 등록한 수련생들에게 왜 운동을 시작했

냐고 물어보면 여자 수련생의 경우 이런 답을 하는 경우가
있다.

"세상이 험해서 나를 보호하려고요. 주짓수가 제일 세
다고 해서요."

제일 센지 아닌지에 대해서는 갑론을박이 있겠지만, 자
기방어에 도움이 된다는 말에는 근거가 있다. 성추행하려
는 치한의 팔을 주짓수 수련자가 암바로 박살을 냈다는 이
야기는 SNS에서 회자되며 호신술에 관심 있는 사람들의
시선을 끌었다.

그런데 그보다 주짓수가 셀프디펜스 분야에서 주목을
받는 근거는 그 탄생의 역사에 있다. 주짓수는 일본 유도가
인 마에다 미츠요가 스코틀랜드계 브라질 이민자인 그레
이시 가문을 만나면서 시작된다. 브라질에 정착하면서 그
레이시 가문에 신세를 진 마에다 미츠요가 그레이시 가문
의 장자 카를로스 그레이시에게 답례로 무술 지도를 해준
다. 이것을 브라질리언 주짓수의 시작이라고 보기도 한다.

카를로스는 전수받은 무술을 개발하였고 리우데자네이
루에서 자신의 무술 아카데미를 열었다. 이때 집안의 막내
아들인 엘리오도 무술 수련을 함께했는데, 7명의 형제 중

에서 가장 체구가 작고 왜소했다. 카를로스를 따라 가르치기 시작한 엘리오를 많은 사람이 따랐다. 가르치는 방식도 훌륭했고, 새로운 기술을 연구하고 개발하는 능력도 월등했다. 신체조건이 열세인 엘리오가 신체조건이 우세한 시대의 파이터들을 이겨나갔는데 이것이 큰 호응을 얻었다. 이렇게 엘리오는 브라질리언 주짓수를 세계에 알렸다.

실질적인 브라질리언 주짓수의 창시자 엘리오 그레이시는 자신의 신체적 한계를 극복하기 위해 그 후에도 작고 힘이 약한 사람이 크고 강한 사람을 이길 수 있는 법을 개발하면서 주짓수의 틀을 만들어갔다. 그렇게 작은 자가 큰 자를 이기는 법은 주짓수 정신의 뿌리가 되었다.

운 나쁜 사람이나 당할 거라 생각했던 폭행이 늘고 있다. 인적이 드물고 외진 곳에서 벌어지던 폭행이 이제 시간과 장소에 상관없이 벌어진다. 누구도 언제든 폭행 사건의 피해자가 될 수 있는 세상에서 자신을 지키려는 것은 본능이다. 신림동 사건 때문에 체육관에 등록했다던 수련생은 활짝 웃으며 한마디 덧붙였다.

"스트레스 해소에도 좋다고 해서요."

치한에게서 자신을 지키려는 것이나 스트레스를 해소

하려는 것이나 결국 다 자신을 지키는 것이다. 몸과 마음을 지키기 위해 수련을 시작한 신입생이 원하는 것을 얻었으면 좋겠다.

한번은 이런 적도 있었다. 수련한 지 반년쯤 되는 남자 수련생이 여자친구를 데려왔다. 먼저 수련을 시작한 수련생은 체격이 크고 운동신경이 좋은 편이었다. 빨리 배우고 많이 이겼다. 즐겁게 수련을 하는 것이 눈에 띄었다. 즐거운 운동을 여자친구와 함께하고 싶었던 모양이다. 체험 수련을 마친 여자 수련생의 소감이 궁금해 말을 걸었다.

"오늘 처음 오셨는데 어떠셨어요?"

"잘 모르겠어요."

"처음에는 많이들 그러세요. 몇 번 더 나와보세요."

"네. 그런데 이거 실제로 쓸 일이 있어요?"

실제 상황에서 쓸 거라고 생각해본 적이 없는 나로서는 당황스러운 질문이었다. 하지만 여자 수련생 중에는 자기를 지키는 호신술로 염두에 두고 오는 경우가 많았다. 주짓수는 호신술로 유명하다. 오죽하면 여자가 남자를 이길 수 있는 무술로 FBI가 인정했다는 말까지 떠돌게 되었을까. 그런데 몇 년간 수련한 경험을 돌아봤을 때, 실제 상황에서 치한을 물리치기란 상당히 어렵다. 치한과 대치했다면 도망부터 가야 한다.

만약 신변의 위협을 느끼고 있고 당장 자신을 보호해야 하는 여성이라면 체육관 등록을 하기에 앞서 호신용 경보기나 스프레이를 휴대하기를 권한다. 상대를 제압하거나 방어하려면 몇 개월의 수련만으로는 부족하다. 만약 나처럼 움직임이 둔하다면 더 오랫동안 수련을 해야 할 것이다. 그리고 주짓수 체육관에서는 안전한 수련을 위해서 타격을 금지하고 있어서, 실제 위협 상황에서 대응을 하려면 별도의 훈련이 필요하다.

그럼에도 나는 자기방어에 관심 있는 사람이라면 주짓수 수련을 하기를 권한다. 실제로 치한을 만났을 때 적절하게 대응하지 못하는 이유는, 기술이나 힘이 없어서이기도 하지만 몸이 굳어버려서인 경우가 많다. 심리적인 이유가 크다는 말이다. 치한이 체중으로 찍어누르고, 목덜미를 잡아채고, 발을 걸어 넘어뜨리면 두려움이 생긴다. 두려움은 모든 기술을 무용지물로 만든다.

강한 사람이 공격해와도 눈 깜짝하지 않고 버텨낼 수 있는 담력을 키워야 강한 상대와 싸울 수 있다. 자기보다 체중이 많이 나가고 힘센 사람과 수련을 하다 보면 불리해져도 당황하지 않고 끝까지 버티는 오기, 내 몸과 마음은 스스로 지키겠다는 집념이 생긴다.

부상에 이름을 붙이면
이정표가 된다

부상은 피하는 것이 최선이지만 완전히 피하기는 어렵다. 집 밖이 위험하다고 밖을 나가지 않으면 은둔형 외톨이, 히키코모리가 된다. 세상이 위험하다는 것을 알면서도 세상으로 나가는 것은 그래야 그곳에서 내가 원하는 것을 찾고 또 만들 수 있기 때문이다.

주짓수 세계에 발을 들여놓았다면 부상을 염두에 두고 대비해야 한다. 피할 수 있는 부상은 피하고, 부상을 당하면 잘 대처해야 한다. 그래야 오래 운동할 수 있다. 주짓수를 그냥 하는 사람이 아니라 잘하는 사람이 되고 싶다면 더욱 그렇다.

체육관에서 가볍게 롤링하며 땀을 빼는 정도만으로 만족할 수도 있다. 그렇게만 해도 운동 효과는 충분하다. 하지만 자기 한계를 뛰어넘는 도전을 하려 한다면 부상을 당할 수 있음을 염두에 두어야 한다.

피할 수 있는 부상이란 움직일 수 있는 범위를 벗어나는 동작, 지탱할 수 없는 무게를 버티려는 시도 등이다. 포기해야 하는 동작들을 포기하기만 해도 많은 부상을 피할 수 있다. 부상을 유발하는 동작은 승패에 집착하는 마음에서 생긴다. '이렇게 안 하면 재미가 없어', '조금만 더 하면 이길 것 같은데', '난 지는 게 싫어'라며 승패에 집착하면 자잘한 부상이 반복된다. 무리해서 이기려는 욕심만 내려놓아도 부상이 많이 줄어든다.

물론 피하기 어려운 부상도 있다. 내가 지금까지 겪은 가장 큰 부상은 시합 출전을 준비하면서 강도 높은 스파링을 하던 때 일어났다. 스치기만 해도 부상이 생긴다 해서 '인간 병기'라는 별명이 붙은 유도 사범님과 스파링을 하던 중이었다. 바닥에 등을 대고 빠르게 움직이다 사범님 다리에 머리를 부딪쳤다. 머릿속에서 큰 징이 울리는 것 같더니만 귀 안쪽에서 찌릿하고 멍멍한 통증이 느껴졌다.

'아, 시합에 못 나가겠구나….'

속도 상하고 놀라기도 했다. 병원에서 고막이 파열되었다는 진단을 받았다. 고막이 다시 자랄 수 있도록 인공고막을 붙이는 시술을 받았다. 시술은 간단했지만 2주 동안은 무리한 운동을 하지 말라는 의사의 당부를 들었다. 하루 이틀 지나자 속상하고 놀란 마음이 가라앉았다. 마음이 단단해졌나 보다. 아기코끼리가 배 위에서 쿵쿵대는 것 같은 압력을 버텨내며 수련한 덕일까? 부상은 나에게 큰 영향을 미치지 못했다.

우울이 심했던 예전의 나라면, 몇 날 며칠을 울적한 기분에 빠져 있었을 게 분명하다. '큰 결심 하고 준비했는데 이런 일이 생기네', '난 참 운이 없어' 하며 신세 한탄을 하다가 '내가 그럴 줄 알았지. 나는 되는 게 없어'라고 나라는 존재의 불운함을 확인하고 증명하고 있었겠지. 그러다가 '에이, 내가 뭐 하러 이 고생을 하고 있는 거야'라며 운동을 접었을지도 모른다.

그런데 그렇게 접기에는 주짓수에 대한 내 열정이 너무 뜨겁고 확실했다. 부상 때문에 운동을 그만둔다는 것은, 사는 게 힘들어 그만 살겠다는 것이나 마찬가지라는 생각이 들었다. 주짓수는 어느새 내 삶의 중심에 자리를 잡고 있었다.

감정적인 흔들림이 하루 이틀 안에 빨리 가라앉으니 부상으로 타격 입은 마음을 돌볼 수 있었다. 앞에서도 이야기했듯이 몸이 다치면 마음도 다친다. 몸의 부상은 병원에서 처방해주는 대로 치료하면 된다. 마음 치료도 전문가를 찾아갈 수 있겠지만, 마음을 낫게 하는 비법을 잘 알고 있으면 전문가를 찾지 않아도 된다.

다친 마음을 치료하는 비법은 그 이유와 의미를 찾아서 그에 걸맞은 이름을 붙이는 거다. 그렇게 이름이 붙여진 부상은 단순한 부상이 아니다. 현재의 내 모습을 비추어 앞으로 내가 어떻게 운동할지 기준이 되는 이정표가 된다. 그렇다면 내 부상에는 뭐라고 이름을 붙이면 좋을까?

이름을 붙이기에 앞서 왜 부상이 일어났는지 알아보기로 했다. 부상은 내 탓이 컸다. 상대 다리를 제압해보겠다고 다리를 향해 공격해 들어간 것은 좋았다. 속도도 충분히 빨랐다. 최근 부쩍 늘어난 근육 덕에 빠른 속도에 묵직한 무게도 실렸다.

그런데 간과한 것이 있었다. 상대와 거리가 가까워지는 순간, 상대가 위험한 만큼 나도 위험해진다는 사실이다. 상대가 체육관에서 인간 병기로 이름을 날리는 강한 상대라면 상대를 공격하는 만큼 나를 방어하는 것도 신경 써야 했는데, 공격기술도 어설펐고 나를 방어하는 움직임은 시늉조차 못 했다. 적토마를 타고 달리는 관우 장군처럼 기상은 용맹했지만, 칼도 방패도 없이 빈손으로 적진을 향해 달려간 셈이었다.

왜 내가 부상을 당했는지 곰곰이 따져보니 공격기술의 정교함이 떨어졌고, 방어하는 움직임이 부족했다. 힘은 강해졌는데 공격과 방어 기술이 그만하지 못하니 이 상태로 시합에 나가면 더 큰 부상을 당하겠구나 싶었다.

난 내 부상에 '빈손으로 적토마를 탄 관우'라는 이름을 붙였다. 삼국지에서 가장 좋아하는 인물인 관우의 늠름한 모습과 함께, 그에 걸맞게 용감하긴 했지만 창도 방패도 없는 모습이 떠올랐다. 그렇게 덤볐다가 큰코다친 내 모습이 그 위로 겹쳐졌다. 내가 관우처럼 용감해진 것 같아 으쓱하기도 했다. 관우 장군에게 청룡언월도를 쥐여주고 싶어졌다.

이렇게 이름을 붙이고 나니, 부상은 운동을 해선 안 되는 이유가 아니라 앞으로 어떻게 해야 하는지를 알려주는 길잡이가 되었다.

'외상 후 성장posttraumatic growth'이라는 말이 있다. 부상, 질병, 사고, 상실 등의 시련 후 오히려 긍정적 변화가 일어나는 경우를 말한다. 시련은 그저 시련 아닌가? 버티는 것만 해도 진이 빠지는데, 시련을 겪고 나서 어떻게 긍정적 변화가 일어날 수 있을까?

그런데 삶의 크고 작은 어려움을 겪고 나서 버티는 수준이 아니라 오히려 크게 성장하는 사람들이 있다. 그들을 살펴보니 공통점이 있었다. 그것은 바로 그 시련에서 긍정적인 의미를 찾아내는 능력이었다. 그렇게 시련에 의미를 찾아 이름을 붙이면 자신에게 찾아온 시련을 피하지 않고 마음으로 품게 된다. 그러면 그 시련은 자신의 일부가 되고, 삶을 살아가는 방향을 알려주는 이정표가 된다.

빈손으로 적토마를 탄 덕에 적진을 뚫지 못하고 대신 고막이 뚫려버린 부상으로, 내 실력이 시합을 나가기에는 부족하다는 것을 알게 되었다. 내 실력을 객관적으로 점검하면서 3주간의 '비자발적인 운동 금지' 기간 동안 주짓수와 함께해온 시간을 돌아보았다.

난 참 많이 건강해져 있었다. 조각조각 날 것처럼 후벼 파던 가슴 통증도, 시도 때도 없이 흐르던 눈물도 말끔히 사라졌다. 내가 건강해지니 나와 가장 가까운 사람, 두 아이가 가장 먼저 영향을 받았다. 어리광만 부리던 아이는 철이 들어갔고, 엄마 걱정을 너무 해서 안쓰럽던 아이는 어리광을 부리기 시작했다. 이리로 또는 저리로 치우쳐 있던 삶이 제자리로 돌아가고 있었다.

건강한 삶은 성취보다는 균형이 우선이었다. 돈이든, 명예든, 사람이든, 힐링이든 뭐든지 너무 하나에만 올인하면 균형이 깨진다. 과유불급, 지나치면 모자람만 못한 것은 주짓수도 마찬가지겠다는 생각이 들었다. 사회적 성공에 올인하다가 깨진 삶의 균형은 또 다른 치우침으로도 균형이 깨질 것이다. 최고의 균형점은 시간과 상황에 따라 끊임없이 변한다. 균형점을 놓치지 않고 맞추며 살아가려면 끊임없이 내 모습을 살피면서 나아가야 한다.

사회적 성취에 빠져서 비틀거리던 나였다. 그렇게 비틀거리다 이룬 것을 많이 잃어버렸다. 이번에도 주짓수에 빠져서 비틀거리고 싶지는 않다. 그래야 주짓수를 잃지 않고 지키면서 나의 삶을 살 수 있겠다 싶었다. 나는 그동안 주짓수로 가득 채우고 있던 삶을 하나씩 찬찬히 돌아보았다.

혼자가
아니야

우울이 무서운 이유 중 하나는 스스로 목숨을 끊게 하기 때문이다. 양극성 장애와 주요우울장애에서 나타나는 우울감은 자살의 가능성을 높인다.

실패와 상실로 좌절과 고립을 겪은 이들은 우울에 빠지기 쉽다. 무기력하고 사람을 만나기 싫어지는 증상이 지속되면서 더 깊은 좌절감과 고립감을 느끼게 된다. 앞으로도 달라질 게 없고 이렇게는 못 살겠다 싶어지면, 해서는 안 되는 결정을 하게 된다. 자살하고 싶은 마음을 치료하는 방법은 적극적으로 찾아야 한다. 그 방법을 찾고자 노력해 온 사람들이 있다.

2001년 9.11테러 이후 아프가니스탄, 파키스탄, 이라크 전쟁에서 희생당한 미군 사망자는 7000명에 이르고, 부상자는 5만 3700명에 달한다(왓슨연구소, 2018). 너무 많은 생명이 전쟁터에서 사그라져갔다. 전쟁으로 인한 희생은 여기에 그치지 않는다.

전쟁에서 살아 돌아온 이들의 몸과 마음에는 흔적이 남는다. 약하거나 모자라서가 아니라 인간이기에, 또 인간임을 끝까지 포기하지 않았기에 전쟁은 참전용사에게 흔적을 남긴다. 화강암처럼 단단하고 다이아몬드처럼 빛나는 마음도 흠집이 나고 빛을 잃는다. 어떤 이들은 다행히 그 흔적이 옅어지지만, 어떤 이들의 흔적은 시간이 지나도 지워지지 않는다.

참전군인의 자살률은 민간인보다 1.5~2배 더 높게 나타난다. 자살한 참전군인들의 자료를 살펴보니 양극성 장애, 약물 중독, 우울증, 외상 후 스트레스 장애 등의 정신질환 진단을 받은 경우가 많았다. 미션22[Mission22]는 미국 전쟁에 파병된 참전군인의 자살을 예방하는 비영리기구다. 참전군인 하루 자살자 수가 22명에 육박하던 때, 문제의 심각성을 알리고 해결하기 위해 설립되었다.

흥미로운 것은 참전군인을 위한 치료 프로그램으로 주 짓수 프로그램이 운영되고 있다는 사실이다. 유도나 크로 스핏 같은 프로그램도 운영되는데, 참전군인 중에는 주짓 수를 하면서 마음의 병을 극복했다는 경우가 많다.

테라피라 이름 붙일 정도로 치료 효과가 크다고 말하는 그들의 이야기를 들어보면, 주짓수를 하면서 신체 능력이 향상된 것은 물론이고 정신건강 면에서도 좋은 효과가 있 었다고 한다. 손가락 끝부터 발가락까지 사용하는 전신운 동으로 구르고 깔리고 업어치고 밀치다 보면, 몸은 고강도 운동을 버텨낼 수 있는 호르몬과 신경전달물질을 뿜어낸 다. 덕분에 고통을 버틸 수 있는 화학물질이 자체 생산된다.

뇌의 화학적 변화와 더불어 또 하나, 주짓수를 치료적으 로 만드는 것은 밀착된 신체접촉 덕분이다. 사람들과 어울 리는 것이 어색한 사람들도 상대와 몸을 바짝 붙이고 운동 하다 보면 어쩔 수 없이 인사도 한두 마디하고 눈도 맞추 게 된다. 누군가와 눈을 맞추고 어울리는 것이 마음의 병 이 있는 사람에게 엄청난 치료 효과가 있다는 것을 고려하 면, 복싱이나 유도와 달리 스파링 내내 몸을 밀착하며 싸 워야 하는 주짓수가 특별히 정신치료 효과가 있다는 데는 설득력이 있다.

전쟁에서 사망한 미군 숫자가 7000명인데 전쟁에서 돌아와 스스로 목숨을 끊은 숫자가 6000명이라니 마음의 병이 전쟁만큼 지독하다. 지독한 마음의 병으로 혹시나 마지막을 생각하는 사람이라면, 뇌의 화학적 변화를 일으키는 고강도 운동을 해볼 것을 권한다. 단, 경험하고 있는 증상에 따라서 효과가 다르니 운동 시작 전 정신건강 전문가와 상의는 필수다.

체육관에 다니는 킥복싱 선수 출신 수련생이 이런 말을 한 적이 있다.

"고독한 복서라는 말이 있잖아요. 권투는 치고 빠지니까 링 위에서도 늘 혼자인 것 같거든요. 그게 멋지긴 한데… 우리는 계속 같이하잖아요. 계속 같이 움직이고 탭치고 나면 또 시작하고. 그래서 격투기를 하는데도 혼자라는 생각이 잘 안 들어요."

혼자가 아니라는 믿음을 얻게 된다면, 또 좋아진다는 믿음을 갖게 된다면 살아남게 되지 않을까?

블랙 벨트로
가는 길

쉽게 얻을 수 없는 것을 쉽게 얻을 수 있다면 솔깃하다. 하지만 쉽게 얻은 것은 공들여 얻은 것과 같을 수 없다. 비슷해 보여도 같지 않다. 화이트 벨트를 두르고 주짓수 수련을 시작해서 벨트 체계의 최고 단계인 블랙 벨트를 받는데 최소 10년이 걸린다고 한다. 주요 국내대회에서 연속 우승하거나 국제 입상을 해서 실력을 증명하면 더 빨리 받기도 하지만 그런 경우는 매우 드물다.

국내 주짓수 블랙 벨트 소유자는 2019년 12월 21일 기준으로 총 254명이다. 블랙 벨트 소유자가 드물기 때문에 수련생들에게 블랙 벨트는 목표이기도 하고 선망의 대상이기도 하다. 한 체육관에 블랙 벨트가 두 명 이상 있는 경우가 드물고, 블랙 벨트가 없는 체육관도 있다.

블랙 벨트 받기는 왜 이리 어려운 걸까? 주짓수의 역사가 짧고 수련이 오래 걸리기 때문이기도 하지만, 중간에 그만두는 사람이 많기 때문이다. 대부분 수련생이 화이트와 블루 단계에서 그만둔다. 시작하고 몇 달 안에 자신과 맞지 않는다고 그만두거나, 슬럼프를 경험하고 체육관을 떠난다.

쉽게 얻을 수 없는 것은 가치가 오르고, 가치가 오르면 비싼 가격으로 팔린다. 시장경제 원리다. 얼마 전 국내외 몇몇 주짓수 단체가 이 원리를 수련과정에 적용해 온라인 강의로 승급을 시켜주는 프로그램을 운영했다. 매트에 뿌려진 땀, 승패 속에서 느끼는 좌절과 성취, 동료애, 스승의 가르침을 충분히 경험하게 하지 않고, 또는 경험한 것을 확인하지 않고 온라인 강의와 약식 절차로 수련생을 승급시켜준 것이다.

주짓수 승급을 상업적 목적으로 이용하는 움직임에 대해 비판과 자성의 목소리가 일었다. 이런 승급 방식은 '주짓수 띠팔이'라고 호되게 비판받았고, 영상제공과 단기 프로그램으로 띠를 팔려는 간편한 승급방식은 점차 사라져 갔다.

돈을 주고라도 사고 싶을 만큼 블랙 벨트는 매력적일지 모르겠다. 성취를 중요시하는 사람에게는 성취의 상징이요, 과정을 중요시하는 사람에게는 지난 시간 쌓아온 노력이 압축된 상징이다. 그렇다 해도 실력 없이 블랙 벨트를 매는 것처럼 미련한 짓이 없다. 주짓수는 수련 특성상 매 수련 스파링을 하고 실력이 뻔히 드러난다.

돈을 주고 블랙 벨트를 매고 싶을 만큼 주짓수가 좋은 사람이라면, 실력에 맞지 않는 벨트를 매는 것은 스스로 무덤을 파는 일이다. 실력 없이 높은 자리에 오르는 것만큼 불행한 것이 없다. 모래 위에 지은 성에 산다고 생각해 보라. 불안하고 초조해서 잠자는 것은 고사하고 마음 편히 걸어 다니기라도 하겠는가.

F는 모래 위에 지은 성에 사는 사람의 대표적인 경우였다. 사석에서 알게 된 그는 자기를 권모술수에 능해서 성공한 사람이라고 소개했다. 첫 만남에서 약점을 서슴없이 드러내며 진솔함을 어필하는 그를 사람들은 특이하고 인

간적이라 평하는 눈치였다. F는 사람들의 관심을 얻는 능력이 뛰어났다. 눈치가 빠르고 임기응변에 능해, 자신이 있는 업계에서 성공하려면 실력보다도 인맥을 쌓는 것이 중요하다는 사실을 일찌감치 깨달았다고 했다.

동기들을 실력으로 이기기는 불가능해 보였지만 그는 성공하고 싶었다. 능력 있고 입김 있는 상사 뒤에 줄을 서면 기회가 생긴다는 것을 우연히 알게 되었는데, 그 성공이 무척이나 달콤했다. 쉽게 얻는 달콤함을 한 번 맛본 F는 그 달콤함에 중독되었다. 밤을 새워 공부하고, 작업하고, 이리저리 뛰어다니면서 고단하게 실력을 쌓아가는 동기들이 미련하다는 생각까지 들었다. 상사 뒤를 따라가면 열리던 문은 신기하게도 그 후로도 계속 열렸다.

처음에는 이러면 안 되겠다 싶은 생각이 들기도 했다. 하지만 쉽게 얻어내는 데 익숙해지자 땀 흘려 이루는 것이 보잘것없어 보였다. 자기 실력으로 해내는 능력은 점점 퇴화되었다. 그는 도태되어가는 능력을 개발할 기회를 놓쳤고, 쉽게 얻은 지위와 재력을 뽐내는 데 시간을 보냈다.

F는 자신이 중요한 사람이라는 것을 증명받고 싶어 하는 것 같았다. 그것을 확인받지 못하면 안심하지 못하는

것 같아 보였다. 연봉이 얼마나 올랐는지, 얼마나 높은 직책으로 승진했는지를 틈만 나면 자랑하고 다녔다. 고민을 털어놓는 것처럼 이야기를 꺼내지만 결국에는 자기 자랑으로 끝을 맺는 그에게 사람들은 하나둘씩 눈살을 찌푸리기 시작했다.

출세라는 면에서 최고의 위치, 소위 블랙 벨트급 성공을 한 F는 불안에 떨고 있었다. 자기 실력으로는 감당할 수 없는 자리에 올랐다는 것을 부정할 수 없었다. 매 순간 불안에 떨게 되니 끊임없이 인정이 필요했다.

남들이 부러워할 만한 재력과 위치를 가졌지만 F는 불행해 보였다. 만성 불면증에 시달렸고, 식사 자리에서 과음을 하고 늘 실수를 했고, 속마음을 아무 데서나 늘어놓았다. 자기 실력으로 탄탄히 쌓은 자리에서 하루하루를 성실히 살아가는 사람이라면 느끼지 못할 불안과 불행이 그의 삶에 어둡게 드리워져 있었다.

남들은 어렵게 얻은 것을 쉽게 얻었을 때는 그만한 대가가 따른다. 자기 실력이 들통날지도 모른다는 공포감, 자기 자리에 어울리지 않는다는 부적절함, 사람들의 인정 없이는 잠시도 견딜 수 없는 불안감을 버텨야 한다.

어떠한 상황에서도 원하는 것을 만들어낼 수 있어야 실력이다. 어쩌다 나에게 유리한 상황이 되었을 때 기회를 잡는 것도 실력이라면 실력일 수 있지만, 진짜 실력 있는 사람이라면 백지처럼 아무것도 없는 상황에서도 자기가 원하는 것을 만들어낸다.

"어쩌다 보니 상대 팔이 내 눈앞에 있어서 암바를 해내는 것은 실력이 아니야. 상대 팔이 내 눈앞에 오게 할 수 있어야 진짜 암바인 거지. 그렇게 할 수 있을 때 블랙 벨트로 갈 수 있는 거야."

관장님이 해주었던 말이 떠오른다. 요행을 바라지 않고 누구의 도움도 없이 스스로 해낼 수 있어야 진정한 블랙 벨트다. 수련한 지 5년 차인 나는 블루 벨트다. 운동을 잘하는 사람들은 10년이면 블랙 벨트를 받는다고 하지만, 아마 나는 앞으로도 10년은 더 걸리지 않을까 싶다. 그러면 내 나이 오십 중반이 넘는다. 그 나이가 되어서도 격투기를 할 생각이냐고? 브라질리언 주짓수의 창시자 엘리오 그레이시는 85세까지 수련하고 가르쳤다. 나라고 못 할 게 무언가. 검은 머리가 흰 머리가 될 무렵, 화이트 벨트는 블랙 벨트가 되어 있을 것이다.

한 번 이기면
계속 이긴다

"사회가 보상을 안기는 성취들은
성격의 훼손을 대가로 치르고 거둬지는 것이라는
기본적인 사실을 간과하게 된다."

융은 《영혼을 찾는 현대인》에서 진정한 자기를 만나기를
미뤄둔 채 성취의 유혹에 빠져 있는 사람에게 성취에는 대
가가 있음을 잊지 말라고 한다. 누가 미리 알려줬다면 얼
마나 좋았을까? 눈에 보이는 성취에 대가가 따른다는 것
을 알았다면, 나는 그렇게까지 서둘러 달려오지 않았을 것
이다. 내 마음을 더 들여다보았을 텐데. 보이는 것만큼 보
이지 않는 것의 소중함을 깨달으려 했을 텐데.

우울을 치료하는 데 생각보다 많은 시간이 걸렸다. 많이 아팠기 때문이기도 하고, 뿌리를 뽑겠다는 각오로 끝까지 가보려 했기 때문이기도 하다. 시행착오도 많았다. 늘 성공적이지는 않았지만 몸과 마음의 완벽한 회복을 바라고 왔다. 불가능해 보였지만 될 거라는 믿음을 버리지 않았다.

마음이 무너져내릴 때는 몸도 무너진다는 것을 알게 되었고, 무너져내린 것을 일으켜 세울 때는 몸과 마음 모두를 돌보아야 한다는 것도 알게 되었다.

"몸과 마음 중 무엇이 우선인가?"

주짓수 수련을 하기 전의 나라면 망설임 없이 마음 우세론을 펼쳤을 것이다. 심리학 전공자로서 몸보다는 마음이 아니겠냐는 편들기식 주장이지만, 몸 관리의 중요성을 몰랐던 무지가 더 큰 이유다.

몸과 마음의 선순환 과정에서 몸 관리는 마음 관리만큼 중요하다. 건강해지기 위해서 운동이 좋은 것은 알지만 시작이 어려운 이유는, 운동의 효과를 몸으로 체험하지 못했기 때문이다. 일단 해보고 자신에게 좋다 싶으면 옆에서 뜯어말려도 하게 되어 있다. 물론 몸이 건강해진다고 마음이 저절로 완전하게 회복되지는 않는다. 많이 아프고 망가진 마음이라면 마음을 집중적으로 치료하는 것이 꼭 필요하다.

내 나이 마흔 즈음에 일어난 지각변동은 멈추었다. 무너진 잔해더미는 정리되었다. 이제는 더 많은 일을 하고, 더 많은 사람을 만난다. 깔깔거리기도 하고 웃기도 한다. 스멀거리는 우울의 기운이 내 삶에서 자취를 감추면서 변한 것은 눈으로 확인할 수 있는 일상뿐만이 아니다.

꿈이 변했다. 꿈은 무의식으로 가는 최고의 길이라고 했다. 몇 년 전만 해도 핏빛 하늘 아래 듬성듬성 죽은 풀이 난 길에 시체가 굴러다니는 꿈을 꾸었는데. 물놀이를 좋아하면서도 워터파크 풀장에는 들어가지도 못한 채 죽어 있는 사람을 바라보고 있던 내 꿈이 달라졌다. 주위 사람들에게 표정이 밝아졌다는 말을 듣던 무렵, 꾼 꿈을 상담사 선생님에게 전했다.

에메랄드처럼 파란 물속인데 계곡인 것도 같고 바다인 것도 같아요. 저는 물속을 헤엄치고 있어요. 물살을 가르며 수영을 하는데 하나도 숨이 막히지

않고 원하는 대로 움직여요. 물속이 고향인 것 같아요. 인어처럼 몸을 구부렸다 펴면서 물살을 가르는데 춤을 추는 것 같아요. 물 위에 떠서 물 밖을 바라보며 수영을 하는데 하늘이 너무 맑아요. 햇볕이 수면에 반사되어 물 위가 온통 반짝거려요. 눈이 부실 정도로 아름답네요. 물속에는 체육관 동료들이 같이 있어요. 다들 신나게 수영을 해요. 어떤 사람은 물을 입으로 뿜어대며 장난을 치기도 하고 깔깔거리며 웃어요. 십대 소년들처럼 개구지게 첨벙거리는데 어느 누구도 지친 기색이 없어요.

꿈 분석을 하는 시간, 내가 꾼 꿈이라고 믿기지 않았다. 이렇게 밝고 행복한 꿈을 꾸다니. "제발 한 말씀만 하소서"라고 소리치고 싶어지는 말수 적은 상담사 선생님도 오늘은 꿈 이야기를 듣고 빙그레 웃는다.

"기분이 어땠어요?"

"행복했어요. 이게 내가 느끼는 감정이 맞나? 낯설 정도로 머릿속이 깨끗하고 맑았어요."

상담사 선생님은 딱히 뭐라고 이야기하지 않았다. 그래

도 오늘은 조금은 웃어주었다.

"다시 일을 해보려고요. 이제는 누군가를 치료하는 것이 겁나지 않아요. 할 수 있을 것 같아요."

선생님은 여전히 말이 없었다. 잘됐다는 말도, 빈말이라도 좋은 치료자가 될 거라는 말도 해주지 않았다. 병풍처럼 묵묵히 자리를 지키면서 나를 물끄러미 바라보았다. 조금은 고개를 끄덕거린 것 같기도 하다. 무표정한 얼굴, 상담 초반에는 열불이 나던 그 표정이 더는 신경 쓰이지 않는다. 누군가의 표정이나 시선에 위축되고 주눅 들던 내가 아니다.

보석처럼 빛나는 곳에서, 마치 그곳이 고향인 생명처럼 춤을 추듯 자유롭게 움직였다. 물살의 흐름을 느끼며 내가 원하는 속도대로 앞뒤 좌우로 움직였다.

나같이 심한 우울은 잘 낫지 않는다 한다. 주요우울장애는 재발이 잘되어서 평생 관리해야 하는 질병이라고도 한다. 어쩌면 그럴지도 모른다. 하지만 예전처럼 겁이 나진 않는다. 한 번 싸워서 이긴 싸움을 두 번 못 싸울까.

땅에 닿는 발바닥의 단단함으로

저스틴 팀버레이크의 〈can't stop the feeling〉이 체육관에 흐르면 나도 모르게 비트에 맞춰 발가락을 까닥거린다. 스파링이 시작되면 노래 가사처럼 발끝부터 좋은 느낌이 든다. 몸속에 피가 끓어오르고 박자에 맞추어 롤링을 하면 움직임은 박자를 타고 춤이 된다.

비트가 시작되었다. 몸을 구부려 오른손을 쭉 뻗는다. 경쾌하게 스텝을 밟아 상대의 목깃을 잡아채고, 무릎으로 상대의 다리를 밀어내어 가드패스 성공으로 공격을 시작한다. 등을 대고 누워 있던 상대는 새우처럼 몸을 말아 구부렸다 펴면서 탈출을 시도한다. 날쌘 새우처럼 도망가려는 것을 두 팔과 두 다리로 덫을 만들어 가둔다. 덫에 갇힌 상대가 용하게 몸을 틀어서 빠져나간다. 그 바람에 내가 만든 덫이 풀어진다.

그라운드 위를 엎치락뒤치락 구르기에 롤링이라고도 부르는 주짓수 스파링. 서로의 움직임에 맞추어 움직이다 보면 롤링은 춤이 된다. 내가 앞으로 구르니 상대도 따라 구른다. 팔을 잡아당기니 상대도 팔을 뻗고, 도망가는 다리를 내 다리가 쫓아가서 막기도 한다. 셀 수 없이 많은 경우의 수 중에서 선택한 움직임이 매트 위에 펼쳐진다. 나는 내가 할 수 있는 움직임으로, 상대는 상대가 할 수 있는 움직임으로 공간을 채운다.

매트 위에서 흘러간 시간 동안 땀을 뿌려가며 배우고 다듬어진 동작들이 바로 그 매트 위에서 하나하나 다시 살아난다. 동작들은 공간을 채웠다가 사라지고 또 채웠다가 사라진다. 움직임이 더 빠르고 강해졌다. 나의 몸과 마음은 단단하고 유연해졌다.

호흡이 빨라지자 숨을 들이쉬고 내쉴 때마다 코와 입에서 부드러운 숨소리가 새어 나온다. 숨을 쉬는 것처럼 몸을 움직인다. 내가 웃고 있다. 스멀거리며 주위를 맴돌던 우울의 기운이 느껴지지 않는다. 내 안에 가장 깨끗하고 맑고 밝은 것이 다시 호흡을 한다. 껌껌한 기운에 짓눌려 간신히 숨만 붙어 있는 꺼져가던 빛이 되살아난다. 생명을 살리는 기운이 어둡고 음산한 기운을 밀어낸다.

'우울의 끝은 없을지도 몰라. 평생 이 느낌으로 살아야 할지도 몰라.'

그렇게 포기한 채로 살아온 시간들이 기억 속에 스친다. 하루를 살고 그다음 날 또 하루를 살면서 하루씩 앞으로 나아갔다. 희망이 보이지 않던 터널 한가운데를 지날 때는 너무 좁고 숨이 막혀 아무도 부를 수 없었다. 잠든 아이들을 바라보며 내쉬던 한숨, 힘들다고 말할 곳 하나 없던 막막함, 가슴이 갈가리 찢기는 통증, 고함을 지르며 울던 울음, 눈꺼풀조차 뜰 수 없던 나약함. 그렇게 우울감에 휘감겨 있던 시절은 이제 과거가 되었다.

마흔여섯 번째 생일이 되던 날이었다. 아버지가 돌아가신 지 12년 만이었고 이혼을 한 지는 3년 만이었던 해의 이른 새벽, 너무나도 오랜만에 활기를 느꼈다. 아침 일찍 일어나 부엌을 행주로 말끔히 닦아내고 아이들 아침을 준비했다. 어색하지만 반가운 활기에 콧노래가 나왔다. 너무나도 오랜만이었다. 우울이 느껴지지 않는 아침이.

마음에 새살이라도 돋은 걸까? 마음속 어딘가에 고요하고 평안한 공간이 만들어진 기분이다. 그 공간은 에메랄드 빛 바다가 채워져 반짝거린다. 세상이 흔들어댈 때마다 고꾸라지던 나는 세상의 출렁거림을 느끼며 음악에 맞춰 바닥 위를 춤추듯이 구르고 있다.

구멍 난 심장이 말끔히 메워지듯 상처 입은 찢긴 마음이 회복되었다. 몸이 회복되었듯이 마음도 회복되었다. 우울의 터널 밖 세상은 아름다웠다. 쏟아지는 햇살은 눈부시고 하늘은 맑고 푸르다. 따뜻한 햇살을 느끼면서 그라운드에 선다.

댄스교습소 문 앞에서 우물쭈물하던 〈쉘 위 댄스〉의 스기야마 쇼헤이가 무대 위에서 파트너와 아름다운 춤을 출 준비를 하며 댄스복을 입고 어깨를 쭈욱 펴듯이, 체육관 문 앞에서 우왕좌왕하던 나는 그라운드에 섰다. 허리부터 머리끝까지 강한 힘이 느껴져 어깨가 펴진다. 금세라도 상대 도복 깃을 낚아챌 만큼 손가락 끝에 힘을 준다.

그라운드에 닿아 있는 발바닥의 단단한 느낌이 든든하

다. 스텝을 밟을 때마다 몸 안에서 쿵쿵 울리는 떨림, 흔들리는 머리카락이 양 볼과 이마에 스치는 간지러움, 상대를 응시할 때 미간에서 느껴지는 긴장감. 내가 살아 있기에 느껴지는 감각들이며, 내 호흡의 결과이자 삶의 증거이다.

간절한 호흡으로 살아난 몸과 마음이 움직인다. 내가 웃으니 세상도 웃는다. 음악은 흐르고 롤링도 흐른다.

감사의 말

나를 흔들어대는 세상을 피해 찾아간 체육관, 그곳 역시 작은 세상이었다. 버티고 살아남아야 했다. 힘세고 강한 맹수들이 터를 잡고 있는 초원에서 힘을 기르는 법을 알려주신 분들이 있다. 존 프랭클 사범님, 고 송진영 사범님, 팀모닝 동료들, 그리고 손이 많이 가는 수련생 가르치기를 포기하지 않으셨던 이수용 관장님에게 흔들림을 버티고 강해지는 법을 배웠다.

주짓수가 마음 치료의 방법이 될 수 있음을 알리겠다는 내 뜻을 지지해준 미션22의 다이앤 맥콜 이사, 기술과 자료 리서치에 조언을 해준 해양경찰 특공대 안웅태 교관에게도 감사를 드린다. 앞으로 많은 사람이 주짓수로 몸과 마음을 힐링하고 또 단련하게 되기를 바란다.

전설의 유도 사범인 할아버지, 할아버지의 갑작스러운 사망으로 꿈을 포기해야 했던 아버지, 사라졌던 기억과 잊혀진 꿈이 내 안에 살아 있음을 느낀다. 또 늘 곁에 있었던 가족들의 기도와 사랑도 느낀다.

이 책이 나오는 데 조언과 지지를 아끼지 않으신 포레스트북스 김선준 대표님과 김현경 편집자님께 특별한 감사를 드리며, 이 책이 우울의 터널을 지나가는 분들에게 작은 빛이 될 수 있기를 희망한다.

사람에 치이고 일에 치이던 마흔의 엎어치기 한판

이제야 어디에 힘을 빼야 하는지 알았습니다

초판 1쇄 발행 2020년 4월 6일
초판 2쇄 발행 2023년 6월 9일

지은이 안블루
펴낸이 김선준

편집본부장 서선행
편집1팀 임나리, 배윤주, 이주영 **디자인팀** 엄재선, 김예은
마케팅팀 권두리, 이진규, 신동빈
홍보팀 한보라, 이은정, 유채원, 유준상, 권희, 박지훈
외주편집 김현경
일러스트 전유니
경영지원 송현주, 권송이

펴낸곳 ㈜콘텐츠그룹 포레스트 **출판등록** 2021년 4월 16일 제 2021-000079호
주소 서울시 영등포구 여의대로 108 파크원타워1 28층
전화 02) 332-5855 **팩스** 070) 4170-4865
홈페이지 www.forestbooks.co.kr
종이 ㈜월드페이퍼 **출력·인쇄·후가공·제본** 한영문화사

ISBN 979-11-89584-61-0(03810)

포레스트북스(FORESTBOOKS)는 독자 여러분의 책에 관한 아이디어와 원고 투고를 기다리고 있습니다. 책 출간을 원하시는 분은 이메일 writer@forestbooks.co.kr로 간단한 개요와 취지, 연락처 등을 보내주세요. '독자의 꿈이 이뤄지는 숲, 포레스트북스'에서 작가의 꿈을 이루세요.